徐顾洲/编

嘻哈版 故事会

做事故事
ZUOSHI GUSHi

做好事才会受欢迎

兵器工业出版社

图书在版编目(CIP)数据

做事故事:做好事才能受欢迎 / 徐顾洲编. —北京:
兵器工业出版社,2013.1(2018.3 重印)

(嘻哈版故事会)

ISBN 978 – 7 – 80248 – 890 – 8

Ⅰ.①做… Ⅱ.①徐… Ⅲ.①儿童故事—作品集—世界
Ⅳ.①I18

中国版本图书馆 CIP 数据核字(2013)第 009505 号

做事故事:做好事才能受欢迎

出版发行:兵器工业出版社

封面设计:北京盛世博悦

责任编辑:宋丽华

总　策　划:北京辉煌鸿图文化发展有限公司

社　　　址:100089　北京市海淀区车道沟 10 号

经　　销:各地新华书店

印　　刷:北京一鑫印务有限责任公司
　　　　　(北京市顺义区北务镇政府西 200 米)

开　　本:710mm×1000mm　1/16

印　　张:13

字　　数:127 千字

印　　次:2018 年 3 月第 1 版第 2 次印刷

定　　价:29.80 元

内容简介

　　会做事的孩子才是聪明的孩子，这是很多人对青少年进行衡量的标准。青少年正处在人生起步阶段，一个多彩的世界正向他们敞开大门，任何一件事都可能对未来起到至关重要的影响。

　　虽然世界不总是美好的，但人们完全有能力让它向更好的方向发展。所以孩子不仅要有一份优秀的成绩单，更不能缺少一颗会做事的心。本书分别从好习惯是一生的资本、躬身自省是生命的加速器、帮助别人就是通向快乐的桥、未雨绸缪是一种洒脱、坚毅执著是战胜困难的克星这五个方面，精选了百余个最具典型性和趣味性的小故事，致力于既让小读者受到教育，又不令孩子们感到枯燥说教。另外，每段小故事的结尾，我们都用简短而深刻的感悟做了解读，以此来启迪和教育青少年从小树立正确的做事态度。

　　会做事，做好事，在成长的道路上先行一步，其实并不难。一则故事一个人生，成长就从翻开这一页开始。

前　言

　　人生之路，我们要面对两件事：一是学会做人，二是学会做事。"如果你没有让你的孩子学会爱与被爱，那你就是不称职的妈妈；如果你无法让你的孩子变得自信、勇敢、乐观、坚强，那你就是失败的妈妈。"谁不曾年少无知？谁不曾经历成长的酸涩与甘甜？既然不能代替孩子长大，那么当孩子因受挫而缺乏自信，因软弱而自暴自弃，因狭隘而失去笑容，因面对诱惑而感到迷茫时，可让孩子通过阅读本书品味故事中的多味人生，或许能使他们变得自信、坚强，变得成熟、乐观，变得勇敢、坚定。就让这 120 个故事，伴随孩子体验成长的快乐吧。

　　处事，绝不是一个小问题，而是关系到一个人一生的大问题。一个人不管有多聪明、多能干，如果不懂得如何和周围的人相处，那么他最终的结局多半是失败。作为身处社会中的"人"，难的不是能不能胜任工作，而是能否处理好与自己相关的人际关系。这是举世皆认同的真理。

　　再看看如今的孩子们，有一个令人费解的现象：学习成绩可谓非常优秀，但在处理一些自己的起居生活方面却像一个未满 3 岁的婴儿，一窍不通；在待人接物方面的能力更不用说，经常闹出些让人啼笑皆非的笑话。这是教育体制的问题抑或是家长溺爱有加的原因，我们暂且不论，好像这样地刨根问底意义也不大。在素质教育理念畅行天下的今天，我们不希望再出现上了大学还不会系鞋带的孩子，不希望再出现上了高中还不会乘公交车的孩子，不希望再出现因为与同学沟通有障碍而辍学的孩子。

高分低能，或者说高智商、低情商已不再是当今社会所要求的"人才"的内涵。当今社会对情商的要求甚至比对智商的要求更高。本书立足于青少年的发育特点，面向现实社会，多侧面、多角度地告诉孩子们如何做好自己的事，如何与他人融洽相处，储备一些成功人士必需的做事心态与方法。

做事先做人，这是一个千古不渝的人生法则！成功做人是一种处事原则，是一种道德取向，是一种智慧体现，是一种成长航标，是一种成功的准绳。举凡成大器者，莫不奉行"做事为要，做人为先"的信念，青少年要迈向人生的成功与辉煌，第一堂必修课就是学会成功做人。小胜靠智，大胜靠德。一个人如果缺"德"，无论他有多么渊博的知识，多么强的能力，多么高的水平，都不能称之为一个完善的人。一个人的形象是由无数的小事组成的，一件小事透露的是一个人的整体素质和道德水平。中国传统文化强调"人"与"事"联系的必然性，认为"什么样的人，就会做出什么样的事"。"人"决定"事"，这也是品牌效应。只有拥有良好的个人品牌，才能拥有展现自己的舞台，才能最大化自己的人生价值。赢家的睿智之处，就是始终把做人放在第一位，做人做事做到位，机会就会随之而来，成功也会垂青于他们。

本书通过真挚感人的故事，弘扬人间的真爱、人性的善良、生命的美丽，使小读者在阅读中，学会感动，学会珍惜，学会爱与被爱，学会豁达与宽容。为人处世的教育是教育过程的一部分，它关注教育过程中青少年的态度、情绪、情感以及信念，以促进青少年的个体发展和整个社会的健康发展。为人处世的教育是使青少年身心感到愉快的教育。

本书着眼做事处世教育，用真挚感人的情感故事，用人间真爱、生命美丽、人性善良来熏陶青少年，必能为青少年的成长历程打开一扇与人为善、和谐共处的窗子。

做事故事

目录

第一章　好习惯与自制力是做事的保险锁

第二章　躬身自省是生命的加速器

第三章　懂得付出，懂得分享

第四章　坚毅执著是战胜困难的克星

嘻哈版 故事会

第五章　换一种角度去想问题

第一章 好习惯与自制力是做事的保险锁

拔不出来的小树

有这样一位父亲，由于儿子每天写作业都是拖拖拉拉的，总是到该睡觉的时候才匆匆忙忙结束，他觉得儿子的这个习惯不好，就督促儿子改正。谁知道，儿子却说："不就是写得慢一点吗？这有什么啊？"

父亲说："这是一个坏习惯，你必须把它改掉。不然，你的整个人生都会被它毁掉！"

为了给儿子说明习惯的力量有多大，他就带着儿子去树林散步。

没走多久，父亲忽然在四棵树旁停了下来，并仔细地观察它们。在这四株树中，第一株是刚出土的小树苗；第二株是已经算得上挺拔的稍大一些的树苗，它的根牢牢地扎进了肥沃的土壤中；第三株树已经长得枝繁叶茂，差不多与儿子一样高大了；第四株是巨大的橡树，高得几乎看不到它的顶端。

这时父亲指着第一株小树对儿子说："快把它拔起来吧。"儿子走过去仅用一只手就轻松地将它拔了起来。

"好，请接着拔出第二株树。"

儿子按照父亲的吩咐伸出一只手，略加力量便将第二株树苗又连根拔起。

"好的，现在请拔出第三株树。"

儿子望着这棵树想了想，伸出双手，全力以赴，并尝试多种角度，累得筋疲力尽，终于才让这棵树倒在了自己的脚下。

"不错，"父亲点点头，接着说，"那么，最后请你去试试拔那棵大树吧。"

儿子抬头看了看眼前这棵巨大的树，想到自己刚才拔那棵小得多的树时已经用尽了力气，便吐了吐舌头，摇摇头，拒绝了父亲的提议，甚至连试都懒得试一下。

"儿子，"父亲叹了一口气，然后说："你的举动恰恰告诉你自己，习惯对生活的影响是多么的巨大啊！"

心灵感悟

是的，这个故事中的树就像我们的习惯一样，根基越深厚，就越难以根除掉。我们的人生不可能一帆风顺，时常会遭遇到很多困扰与烦恼，那些最大的困扰大多数都是源于自己！一些走上歪路的人，往往是从小就养成了不良习惯，他们整天处于坏习惯之中，他们就像哈哈镜里的人，原本好好的变得扭曲变形，丑陋不堪，然而，却自认为影响不到自己。人一旦陷入这种障碍之中，就很难处理好自己与生活的关系，甚至在消极变态的意识形态下做出令人可悲可笑的事来。所以，一定要改掉不良习惯。不良习惯不及时除掉的话，就会害人害己。

菲尔普斯的好习惯

"飞鱼"菲尔普斯小时候因为患有多动症，外加他长腿长脚的特征而遭到其他人的讽刺和嘲笑。母亲看到菲尔普斯放弃了利用游泳来改善病情的机会，心就像刀割一样，但她还是强忍住自己的悲痛。她想，孩子现在最需要的是鼓励和帮助，而不是妈妈的眼泪。母亲把他送到游泳馆，拉着他的手说："孩子，妈妈相信你是个有志气的人，希望你要坚强些，改掉身上的坏习惯，在人生的道路上勇敢地走下去！妈妈相信你可以做到的！"

菲尔普斯听着母亲的话，感觉像有个铁锤在敲打着他的心，他"哇"地一声抱着母亲大哭起来。从那以后，菲尔普斯更加刻苦地训练。他的母亲只要一有空，就陪着他做训练，练体能，看到常常累得满头大汗的菲尔普斯，她欣慰地笑了。

一次菲尔普斯得了小感冒，只是有点咳嗽和流鼻涕。他借此不想起床进行训练了，母亲看他这个样子，想让他休息，但是转念又想，如果以后经常有点小病就放纵他，那肯定不行的。于是他的母亲强迫他下床，收拾东西去训练。尽管有点难受，菲尔普斯还是咬着牙坚持了那天的训练课程，看到这些他的老师也不得不赞扬他。培训老师私底下说："您这样对他过于严格了！"他的母亲却说："如果因为一点小事情就偷懒的话，就会改变他刻苦学习的好习惯，如果没有这个好习惯，那么他肯定不会有所成就的。"

日复一日的游泳训练让菲尔普斯很快就脱颖而出，他凭着自己的优势很快就在游泳界闯出自己的一片天，成为罕见的游泳奇才。在一次访谈中，他说到自己的成功秘诀，那就是他良好的习惯。

心灵感悟

　　美国的一位学者研究过大量实例后说："一开始是我们创造习惯，然后是习惯创造我们！"习惯是我们生活中至关重要的一部分，好的习惯造就好的人生，所以我们要用一颗乐观向上的心，去培养我们良好的习惯。

可怕的习惯

  大象和小小的一根绳子，哪个力量更大，不用比较，就可以知道是大象的力量大于细绳。但是人们利用一根小小的绳子，却可以拴得住几吨重的大象。这不是开玩笑，这样的现象在动物园随处可见。动物园里驯养大象的人，在小象出生后可以自由活动时，就用一条铁链将它绑在水泥柱或钢柱上，刚出生的小象们都不想被约束，但是无论它们怎么挣扎都无法挣脱铁链获得自己想要的自由。日积月累，小象们由刚开始的拼命挣扎到渐渐地习惯了不挣扎，直到长成了大象，可以轻而易举地挣脱链子时，也不挣扎，不是它们没有那个能力去挣脱绳索的束缚，而

心灵感悟

  在我们的日常生活中常能见到这些现象，有的人出口成脏，别人听了是倍感厌恶，而他自己却浑然不觉；有的人随地吐痰，乱扔垃圾，如果被人指出来，还理直气壮；这些人是在不良环境中，从小就养成了粗俗的习惯。有位哲人说："播种行为，收获习惯；播种习惯，收获性格；播种性格，收获命运。"确实，养成良好的习惯是一个人必须要做到的，不然习惯成自然，到时候，我们后悔已经为时已晚矣。

是它们已经习惯了绳索的束缚。

　　动物园里的饲养员们训练狮子和老虎也是采用同样的方法。他们为了防止狮子和老虎伤害人类，在断奶后就让它们吃素，直到它们慢慢长大。这些动物们不知肉味，自然不会伤人。即使有时会喂它们肉食，那也是它们很乖巧时给的奖赏。

　　小象被链子绑住，而大象则是被习惯绑住，直到长大能轻而易举挣脱锁链时也不挣脱，这就是习惯成自然的悲剧。

一定要控制情绪

小尼克天生易怒，脾气很坏，几乎每个星期都有小朋友跑来他们家里告状和哭诉。父亲想改掉小尼克的坏脾气，一天早上，父亲给了他一袋钉子，告诉他每当他想发脾气的时候，就在自家院子的篱笆上钉一颗钉子。

这天放学回来，小尼克在篱笆上钉了二十几颗钉子，第二天放学回来，他在篱笆上钉了十几颗钉子。在接下来几周里，他看着篱笆桩上的钉子逐渐学会了克制自己，钉入篱笆的钉子日渐减少。他发现控制坏脾气比在篱笆上钉钉子要容易得多。

几个月后，尼克便没有再在篱笆上钉一颗钉子，他觉得可以完全控制自己了。他赶紧跑去书房告诉了父亲这个好消息，父亲放下书本，建议尼克在不发脾气的日子里，每天拔

《篱笆旁的乌克兰女孩》 列宾（1875 年）

美丽的少女，娇懒的趴在篱笆上，给人一种沉静、宁和的感觉。有的时候，当自己脾气暴躁的时候，可以借助一些工具或者方法让自己冷静下来。毕竟每个人都不是得道高僧，定力是需要时间锤炼的。

下一颗钉子。

时间慢慢消逝，小尼克终于在下个学期到来的时候将篱笆桩上的钉子全部拔完了。父亲看到这些，就牵着他的手领他来到篱笆前。他说："尼克，你干得不错，可以控制自己的情绪了。但你再看看拔下钉子后篱笆上的这些洞，这些篱笆桩永远不是从前的篱笆了。每当你发脾气说些伤害别人的话语时，也会留下同样的疤痕。你不可能将恶语伤人这把刀刺向别人再拔出来，这以后不管你道歉多少次，伤疤依旧。口头的伤害同身体的伤害一样伤人。孩子，新学期开始了，你知道应该怎么做了吧？"

亲爱的你，也知道自己该怎么做了吧？是的，言语上的伤害要比任何伤害都伤人，所以，说话的时候要经过大脑，不能冲口而出，特别是那些批评的话，一定要委婉地说，不能让人反感。

心灵感悟

经研究发现，情绪是伴随着人们的思维而产生的，情绪上或心理上的困扰是由于不合理的、不合逻辑的思维所造成的。怒气就是这样一种情绪能量，如果不加以控制，它就会泛滥成灾；如果稍加控制，它的破坏性就会大减；如果合理控制，甚至可能彻底改变原有的局面，获得意想不到的收获。如果我们用粗暴的言语及行动去解决日常生活中所遇到的问题，结果肯定是事与愿违，越弄越糟。

杀掉爱马的将军

　　一位战无不胜的将军年轻时总喜欢到附近一个村子去享受放荡的生活。他的青春就这样一天一天虚度过去，自己的武艺也渐渐生疏了。

　　有一天，村子里来了马贼，年少气盛的他拿着宝剑冲出门外。迎面奔来一个马贼，年轻将军依然不慌不忙，等那贼人来到跟前时，将军突然拔剑。这个时候，将军愣住了，宝剑怎么拔也拔不出来。于是他用尽全身力气，宝剑被折断了。原来年轻将军长时间不操练武艺，上好的宝剑已经生锈。正所谓技艺如逆水行舟，不进则退。将军认为用拳脚功夫，对付这些马贼都绰绰有余。几个回合下来，将军却已经体力不支，险些被贼人杀死，只剩自保的能力了。这时，将军的家人从屋里出来，见到漫天火光，十分恐惧。几个贼人快速向将军家人移动。将军体力透支，实力退步到只能自保，就这样眼看着自己的家人被贼人杀害了。

　　荒草掩埋了土地，尸骨阴森着村落，大雨洗刷不掉将军的愧疚。将军一人落魄地来到家人坟前，悲痛和愤怒让他健壮的身体瑟瑟发抖。他歃血对天发誓：我再也不会去那个村子了。从此他苦练武艺，为乡亲们讨回一个公道。

　　起先幸存的乡亲们不相信这位整天穿梭在花街柳巷的年轻人会有什么大的作为，还指责他在马贼血洗村落的那一刻表现的不英勇。他没有理会，而是抱着长剑，捆着铁块到山上训练。日复一日，他的武艺精进。村民整天见不到他，都以为他玩物丧志，成不了气候。

将军在进行了整日严格训练之后，又累又乏，伏在他的爱驹上就睡着了。他本想回家，谁知受过主人调教的爱马竟又带着他来到花街柳巷。当他醒来时，发现自己又到了那个虚度光阴的花柳之地。他用奇怪的眼神盯着自己的马。除了已经逝去的亲人，这是他的至爱。他默默叹息道："马儿呀马儿，你这是害我违背誓言啊。"说完，拔出锋利长剑，一剑刺马，快如闪电。

　　这件事很快就被全村人知道了，村长认为他是大志之才，举荐他到神兵营当兵。

　　不久，年轻人因杀了爱马的故事和高强武艺在军队中取得威望。十年后，他负责带领神兵营剿匪，为村民除了一大害。

心灵感悟

　　做人就像这名将军一样，真正下定决心后，就应该彻底改变旧有的行为习惯，唯有如此才会有成功的可能。如果因为某些看似很必要的原因而放弃原有的目标，即使是从头再来，也绝不会达到原先的高度了。

只犯了一点错误

巴西海顺远洋运输公司门口立着一块高5米、宽2米的大石碑，上面密密麻麻地刻满葡萄牙文，如同圣灵祷告安息的梵文，记载了当年"环大西洋"号海轮沉船事故的微小原因。

事故发生后，巴西海顺远洋运输公司派出的救援船以最快的速度到达事故地点，但"环大西洋"号海轮已经消失了，21名船员全部失踪，海面上漂浮着一个救生电台有节奏地发着求救的摩氏码。

救援人员看着平静的大海静静思考，想不明白在这个海况极好的地方到底发生了什么，竟然导致这条最先进的船沉没。这时，在海面巡逻的搜救船发现电台下面绑着一个密封的漂流瓶子，里面的纸条上面这样写着：

一水理查德：3月21日，我在奥克兰港看到街上台灯非常精致，于是决定私自买了一个台灯，瞒着所有人带上了船想给妻子写信时照明用。

二副瑟曼：我看见理查德拿着台灯回船。我看到台灯的底座没有固定系统，于是提醒了一下这个台灯底座太轻，船摇晃时别让它倒下来。但我只是嘟囔了一句，并没有干涉，认为只是一个台灯而已。

三副帕迪：3月21日下午船离港，马上就到目的地了。在检查侧翼救生船时，我发现救生筏施放器有问题，于是就将救生筏绑在架子上。

二水戴维斯：离港检查时，发现水手区的闭门器损坏，用铁丝将

图中这艘大船就是著名的"泰坦尼克"号。"泰坦尼克"号的悲剧正是来源于一系列的小失误，结果却造成了人类历史上最大的海难。今后的人们一定要引以为戒啊。

门绑牢，到了码头再去更换。这些天航海很累，顾不上这些小事情。

二管轮安特尔：我检查消防设施的时候，发现水手区的消防栓锈蚀，心想还有几天就到码头了，到时候再换。

船长麦凯穆：起航时，工作繁忙，没有看甲板部和轮机部的安全检查报告。

机匠丹尼尔：3月23日上午理查德和苏勒的房间的消防探头连续发出警鸣，我和瓦尔特曼进去检查，未发现火苗，判定是探头错误报警，拆掉交给惠特曼，要求换新的。

大管轮惠特曼：我说正忙着，一会儿拿给你们。

服务生斯科尼：3月23日13点到理查德房间找他，他不在。坐了一会儿，看到有新的台灯，随手打开。

　　机电长凯恩：3月23日14点我发现跳闸了，航海中线路遇水很常见，以前也出现过这些现象，没多想，就将阀合上，没有去查明原因。

　　三管轮马欣：感到空气不好，先打电话到厨房，证明没有问题后，打开通风口。

　　船长麦凯穆：14点半，我召集所有不在岗位的人到厨房帮忙做饭，晚上会餐。

　　船长麦凯穆写的话：19点半发现火灾时，理查德和苏勒的房间已经烧穿，一切糟糕透了，我们没有办法控制火情。火快速蔓延在船舱里，借助风势，越来越大，船来不及减速，直到整条船上都是火。救生艇不能正常下水，灭火器材卡住，我们每个人都犯了一点错误，但却酿成了船毁人亡的大错。我们把错误装进瓶子里，水手们一定要引以为戒啊！

心灵感悟

　　这个生动的故事再次警示世人，"水滴石穿"、"蝼蚁溃堤"的事件一再发生，最后的警示竟是森森白骨和句句遗言。尤其是地球不断被滥砍滥伐的今天，我们不得不反思，如果每个人都去犯这么一点小错误，那么我们明天的天空将会一片灰暗。

别让缺乏自制力成为失败的借口

在南非的沙比亚丛林中，至今还生活着相当原始的西布罗族人。他们的捕猎方法非常简单，没有猎枪，甚至也没有弓箭，就是让动物们自己跑到他们的陷阱里。

西布罗族人在丛林的湿地上运来许多胶泥，将这些胶泥铺在一亩地大小的地方，然后放上一只鸡或是一只野兔，最后要做的事就是等待了。凡是吃肉的动物，只要走进丛林，便会被兔子或鸡吸引，一步步走入泥沼，越挣扎越深，陷入被动的动物又会引来更大的动物。几天之后，泥沼地里就会被许多猎物点缀。这时西布罗族人抬来木板，铺在胶泥上，将猎物们轻而易举地收入囊中。

心灵感悟

"人们只要有欲望，就不可能破解那些陷阱，包括那些最原始古老的陷阱"，这句话讲得很好，它揭示了人们总是掉进陷阱的根本原因。上文也就是很好的例子。陷阱只不过是人失败的一个因素，而不是决定性因素。所以我们做任何事情都不能被欲望迷惑，陷阱会使人堕落。以后我们要和谦虚做朋友，和认真做朋友，和善良做朋友。

同样，居住在大西洋撒拉丁小岛上的丁尼族人也同样过着一种较为原始的生活。他们与西布罗族人的捕猎方式惊人的相似，只是他们捕猎的方法不是用胶泥，而是模仿蜘蛛，用一张张细细密密的粘网。他们把粘网挂在树上，鸟、猴子及树上的爬行动物便都会自投罗网。

　　如今世界上的许多诱骗和陷阱仍然是古老、原始的，但却经久不衰。人类走到今天，早已步入了科学时代，几乎所有的领域都被改进。但说来奇怪，当人们面临一个个原始陷阱时，依然还会上当受骗。在这一点上，人类没有一点儿进步。

　　据心理学家和宗教界人士分析：只要人们在面对欲望时，缺乏必要的自制力，就不可能破解那些陷阱，包括那些最原始古老的陷阱。

谨慎是生存的秘诀

一位美国人与一位日本人结伴旅游，美国人叫凯恩，日本人叫加藤。一路上，两人相互扶持，相互帮忙。在爬山的时候体格健壮的凯恩帮加藤背东西，在过草地的时候加藤用博学的知识帮助美国人躲避了很多沼泽。

风景那边独好。

这次旅行两人都很愉快。

有一片森林名曰南行。这片森林里不仅毒虫种类众多，而且植物多长有毒枝叶。

凯恩："这该死的荆棘，哦，天哪，见鬼，这是什么？"凯恩突然大叫一声。

紧随其后的加藤听到，急忙赶上来问个究竟。

凯恩说："哦，亲爱的朋友，我受伤了，我感到有点眩晕，我应该是中毒了，哦，糟糕了，我想我不能走出这片森林了。"

"别这么说，"加藤拿出绿色军用药箱和绷带，"这种毒草名曰天星，是一种麻痹草类，很快你就没事了。"说着，加藤用熟练的手法帮助凯恩处理伤口。

"你真是我的救星。"凯恩感恩戴德地说。

"你为什么不带上药物？这样很危险。"加藤说。

"我体格健壮，而且我觉得为一次旅行准备那么多行李，真的很麻烦。"凯恩说完躺在一棵树旁开始睡觉。

日本人提醒说："这棵树名曰黑汁，是一种分泌芳香黏液的树种，而且这种书是神奇树种，到了晚上才会发出诱人的独特香味。我们应该谨慎，赶紧离开，晚间，很多大型动物都会到树下聚集的。"

可是凯恩哪里肯听劝："得之我幸，失之我命。我喜欢这句话。我已经很累了，晚安。"说完打起呼噜来。

果然被博学的加藤猜中，晚上，一只巨大的独角兽名曰天虎缓缓走来，眼睛盯着熟睡的凯恩。

这时，凯恩也意识到了危险的存在，可依然坚信自己是幸运的，没有睁开眼睛。忽然，那只猛然行动，天虎迅速窜出，按住了凯恩。这时凯恩才意识到为时已晚，心里只希望能够得到加藤的帮助，谁知加藤根本没有出现。

第二天，加藤从树上下来寻找凯恩，结果只剩森森白骨。加藤哭喊道："凯恩，为何你不听我的劝，要把自己完全暴露在危险之中。你太过自信，太不仔细，太马虎，太不谨慎了。"

说完，加藤收起森森白骨，准备回家。

加藤可以穿越丛林，是因为他有博学的知识和强烈的求生欲望。最重要的是，他有一种特别珍贵的品质——谨慎和自制力。

心灵感悟

这么简短的道理，就是在说明竞争是残酷的，越是在危险的时候，越要保持清醒的头脑。要冷静分析，识别竞争的主要对手，并扬长避短，发挥自己的优势，才能在竞争中立于不败之地。正所谓小心驶得万年船。谨慎的人才有更多的活下去的机会，而浑浑噩噩，把生命当儿戏的人最终会被懒散的习惯害死。

好习惯需要善始善经

有个老木匠准备退休，他告诉老板，说要离开建筑行业，回家与妻子儿女享受天伦之乐。

老板舍不得他的好工人走，问他是否能帮忙再建一座房子，老木匠说可以。但是大家后来都看得出来，他的心已不在工作上，他用的是软料，出的是粗活。房子建好的时候，老板把大门的钥匙递给他。

"这是你的房子，"老板说，"我送给你的礼物。"

他震惊得目瞪口呆，羞愧得无地自容。如果他早知道是在给自己建房子，他怎么会这样呢？现在他得住在一幢粗制滥造的房子里！我们又何尝不是这样。我们漫不经心地"建造"自己的生活，不是积极行动，而是消极应付，凡事不肯精益求精，在关键时刻不能尽最大努力。等我们惊觉自己的处境，早已深困在自己建造的"房子"里了。

把你当成那个木匠吧，想想你的房子，每天你敲进去一颗钉，加上去一块板，或者竖起一面墙，用你的智慧好好建造吧！你的生活是你一生唯一的创造，不能抹平重建，即使只有一天可活，那一天也要活得优美、高贵，墙上的铭牌上写着："生活是自己创造的！"

解掉缰绳的马

在英国一个比较有名的马术俱乐部里，一位驯马师花了一年时间精心训练了一匹好马。这匹马儿不仅骑起来非常得心应手，而且很乖巧聪明，只要这位驯马师把马鞭一扬，那马儿就很驯服地任由他支配。更令人惊叹的是，驯马师所说的话，马儿句句都能听得明白。看到这些，驯马师很得意，他认为只要用言语指令就可以驾驭他手中的马了，如果再给马加上缰绳那就是多余的。

于是，一次外出训练马匹的时候，驯马师就把马的缰绳解掉了。马儿在一片空旷的草地上驰骋，刚开始它跑得比较慢，仰着头，雄赳赳地阔步前进，不时旋转着身体，仿佛是证明自己的本事。但是，渐渐地，当它知道身上的约束都已经完全被解除了的时候，这匹英勇的骏马就越来越胆大了。它没有听从驯马师的指挥，也没有听见驯马师的呼喊声，只是加快速度向着前方飞奔起来。

驯马师这才意识到，他已经没有办法控制他的马了。他只有紧紧抱着马儿，期待它可以停止奔跑，然后把缰绳重新套上它的脖子。但是这一切都晚了。失去束缚的马儿撒开四蹄，一路狂奔着，竟把驯马师重重地摔在地上。摔在地上的驯马师看着曾经乖巧听话的马儿疯狂地往前冲，像一阵风似的，路也不看，一股劲儿地冲出这片草地，狠狠地撞向草地那边的一棵大树上，撞断了脖子。

驯马师强忍着痛，爬到他的马儿旁边，发现它已经奄奄一息，透明的泪水从它的眼睛里缓缓流出来。驯马师抱着它的头，悲痛地大叫道："我可怜的马呀，都是我害了你啊。如果我没有轻易地解掉你的缰绳，我就会及时地制止住你，你也就绝不会落得如此悲惨的下场。"

心灵感悟

　　给予一定的自由是无可厚非的，但我们不能过分地醉心于自由，或者是醉心于毫无限制的自由，因为没有约束的自由暗藏着无穷无尽的困难和危险。生命中没有意外，所做过的就是反射。我们的生活每时每刻都在响应我们所做过的事，你所说的、所做的每一件事最终都会反应于自己的身上。如果你希望获得更大的自由，你必须首先学会自律，学会控制那些狂野与散漫。自律简单来说就是自我控制，一个人必须要控制住自己所有的情绪与行为。如果你不能征服自己，就会被别人所征服。因此，只有自律，才能获得真正的自由。

致命诱惑

在南美洲的亚马逊河流里生长着一种致命鳄鱼。之所以把这种鳄鱼称为致命鳄鱼，是因为这种鳄鱼生长在浅水河流里，它的背面进化得像极了飘在水面上的木头，专门趁着其他动物不注意的时候将它们吃掉。

这种鳄鱼每次捕捉猎物前都是将自己的脊背裸露出水面，然后让自己的身体慢慢地向前移动。从远处看，谁都会以为那是一块漂浮在河流上的烂木头，很少有人会知道，这正是鳄鱼为诱捕食物而布下的一个陷阱。一些在河流边飞来飞去的小鸟，看到河流上飘着一块木头，会毫不犹豫地落在上面休息，并为自己的"新发现"而沾沾自喜，但是它们都不知道，自己已是命悬一线。

这种鳄鱼在靠岸的河边上自由地漂浮，一有猎物落在自己的身上，它便缓慢地让自己的身体沉入河流中，这就使

呐喊 蒙克（1893 年）
残阳如血，行人如鬼魅。有的时候，危险就潜伏在你的身边，只等你疏忽大意的时候，它就会一跃而起吞噬掉你的身体，以及整个灵魂。

得落在它们身上的小鸟不得不向鳄鱼的头部方向移动。

慢慢地，慢慢地……只要小鸟们朝着鳄鱼的头部挪动，它的机会就算来了。等时机一到，鳄鱼便飞快地将头转向落在自己身上的小鸟，并一口将小鸟咬住不松口。一些自以为发现休息之地的小鸟们，就这样成为了鳄鱼的食物。

有些时候，这种鳄鱼会待在河流的沿岸，一些小动物也会对河流边上的木头感到好奇，待这些小动物们靠近这种鳄鱼时，它就会以迅雷不及掩耳之势张开大嘴死死地咬住猎物不松口。据报道，有个当地人也被它迷惑而丧失一条胳膊。

每天，在亚马逊河流域，不知道有多少动物都会因为这种致命的诱惑，从而失去自己的生命。

心灵感悟

我们人生中将会出现各种各样的诱惑，一些人就是因为难以抵制住诱惑，轻则栽了跟头，重则丧失自己的性命。面对这些突如其来的诱惑，有一个共同的方法，那就是控制贪念，否则将会越陷越深，直至为此付出沉重的代价。

吃了窝边草的兔子

兔妈妈一共有三个孩子，豆豆是最小最调皮的一个。渐渐地，豆豆长大了，可以自食其力了。在离开家之前，兔妈妈千叮咛万嘱咐地对它说："豆豆啊，无论如何你都不要吃窝边的草。记住了没有？"豆豆为了摆脱妈妈的唠叨，赶紧点头同意了。没几天，豆豆就在风景好的山坡上盖起了自己的窝。照着妈妈的话，它也把家里建造了三个洞口。

豆豆牢记妈妈的话语，刚开始的时候都是到离洞口远的地方去吃草。一转眼夏天和秋天过去了，豆豆生活得既开心又快乐。

有一天，西北风突然刮起，吹落了一地的落叶。豆豆出去寻找食物时不禁打了个冷战，看到四周寂静的模样，它实在是不想顶着冷风去很远的地方吃草。豆豆在自家门口转了一圈又一圈，看见自家洞口的青草很茂盛。它想："我不如就在自家门口觅食算了，等明天天气好了，我再到较远的地方去就可以了。"豆豆边吃边安慰着自己，直到它把肚子吃了个滚圆。

冬天来了，一连几天，天空都飘起了雪花。看着厚厚的雪，豆豆实在不想踏着雪去寻找食物。于是它又在家门口填饱了肚子，这一回是在另一个洞口，因为第一个洞口边的草已经被它吃完了。豆豆看着被它吃光的草，想着："我的家有三个洞口，每个洞口都有很多草。我只不过是在刮风下雪的天气里，在每个洞口吃一点儿草而已。这些草都会长出来的，我不用担心。"就这样，豆豆在每个恶劣的天气里都没有出去找食物，而是靠自己家洞口附近的草填饱肚子。

　　这天，天很冷，豆豆不想起那么早，但是，迷迷糊糊的它突然觉得四周有动静。豆豆猛地睁开眼睛一看，一只凶恶的狼正堵在它的家门口，试图用爪子挖开洞口。豆豆被惊醒了，斗不过饿狼，只好逃跑，等它跑向别的洞口时，却惊讶地发现，另两个洞口已经被石头牢牢地堵住了！

　　看着抖得厉害的豆豆，狼得意地说："小兔子，我注意你很久了，从你第一次吃窝边草，我就开始准备这一天了，可我知道狡兔三窟，只好等你把其他洞口的草吃完了，我才好下手啊。"听到这些，豆豆才恍然大悟，兔妈妈的教诲是多么正确！可惜一切都为时已晚。

心灵感悟

　　"不吃窝边草"，这是兔子们的生存准则。如果说为了一时的安逸而破坏规矩，那就要面临着极大的危险。因为在第一次放松、违背生存法规的时候就已经预示了死亡。在我们的日常生活中，执行规则并不困难，困难的是怎么样将规矩不找借口、不打折扣地执行。在这个过程中，千万不可学习吃窝边草的兔子，等到灾难临头时才后悔。

克制冲动

　　马科夫斯是纽约市一家广告公司的市场部经理，前天夜里熬夜赶制一个企划案。第二天醒来时，发现快到上班时间，而且他今天还有一个重要客户要见。他便赶紧收拾东西，匆匆忙忙开了车朝公司奔去。

　　为了尽快赶到公司，一路上，马科夫斯连闯了几个红灯，终于在一个路口被警察拦了下来。与警察交涉过程中又耽误了点时间，这下子上班肯定是要迟到了。急急忙忙赶到办公室之后，马科夫斯更加生气了，因为他看到办公桌上还放着几封昨天下班前就已经交代秘书寄出的信件。马科夫斯一气之下就把秘书叫了进来，没等秘书解释就是一阵痛骂。

　　秘书今天本来心情不错，被经理这样无缘无故地责骂之后，心里憋着火气。正巧一个员工来问他业务方面的问题，秘书越想越生气，看谁也不顺心，于是就借题发挥，责骂这个问问题的员工，说笨的像头猪。员工只不过是遇到一个小问题，就这样被骂，心情恶劣至极，只顾低头走路，不小心撞上了正在打扫卫生的清洁工。他一看清洁工的拖把弄到自己的鞋子上，一气之下，扔掉手中的文件，对着清洁工，没头没脑地进行了一连串声色俱厉的指责。

　　清洁工本来就处于公司的最底层，工资又少，但是也不能无缘无故的被人责骂啊。想到这，她只得憋着一肚子闷气准备要去找人事部经理评理去。正巧另一个清洁工走来告诉她，她的儿子在休息室等她。她以为儿子出了什么事，赶紧跑到休息室，看见儿子把衣服、书包、零食丢得满地都是，手里抱着一只不知道哪里来的流浪狗。清洁工以为儿子又贪玩不学习，还捡了只脏兮兮的小狗，不问缘由地拉起坐在地上的儿子，劈头盖脸地骂了一通。

清洁工的儿子心里很受委屈，其实他来这就是想问问是否可以收养这只可怜的小狗，没想到反而被责骂，看着一旁啃着书皮的小狗，他很是生气，便狠狠地踢了它一脚，把小狗给踢得远远的。无故遭殃的小狗因为疼痛，跑出了休息室，跑到楼道里。

这时，马科夫斯正巧去见客户，没有注意突然冲过来的小狗，小狗撞上了马科夫斯的脚，迅速咬了他的腿就溜了，可怜的马科夫斯就这样被送到医院打预防针去了。

心灵感悟

人无完人，我们时常会因为小小的矛盾或不公平而大发脾气。但是，我们肯定没有想到，这些一时的不忍，也许会给他人和自己带来极大的麻烦和伤害。如果我们可以克制自己的冲动情绪，宽容地看待他人，在为别人开启一扇窗的同时，也可以让自己看到更灿烂绚丽的世界。

学会主宰自己

张丽有一个来自美国的朋友爱莉莉，她们一同在北京一所大学读书。张丽和爱莉莉平时互帮互助，是好姐妹。寒假里，张丽为了感谢爱莉莉，就留她在家过春节，顺便带她参观北京的名胜古迹。大年三十的晚上，张家异常热闹，大家虽然听不懂爱莉莉结结巴巴的中国话，但是也被她的活泼开朗所吸引。张丽的父母准备了一桌丰盛的饭菜招待爱莉莉。饭桌上，张丽的父亲特意从酒庄买了一瓶好酒来招待客人。张丽的父亲给爱莉莉倒了满满一杯酒，但是爱莉莉只是礼貌地举杯，转而喝了旁边的饮料。

张丽的父亲看到这，就再次邀请爱莉莉举杯，但是她却拒绝了，并且用英文说："在她的家乡，当地的法律规定，公民只有满21岁才可以饮酒，而她现在才18岁，还没有到法定饮酒年龄。"

张丽一听，就笑了起来，劝她说："我知道，但你们美国各个州的法律规定也不一样啊。而且现在是在中国，我们这里没有这个规定，来我们中国就要入乡随俗嘛。况且这只是葡萄酒，喝一点不会触犯法律的。再说，只要我们不说，没有人会知道你饮过酒的。"爱莉莉一听，面露难色，慢慢拿起酒杯又放下了。她拿起饮料说："谢谢你们的好意，虽然自己身在国外，但我也应该遵守我们当地的法律。这葡萄酒的味道很香，但我必须克制自己，不到法定年龄，绝不饮酒，这是我对自己的要求。"

满桌诱人的食物，是人们所期待的。但当它们出现得不合时宜的时候，也许就会破坏人们的原则。此时，一定要控制好自己，做自己的主宰。

在张丽家的这段日子，爱莉莉一直滴酒未沾。张丽的家人不仅没有勉强她，而且对她十分敬佩，像对待自己家的孩子一样疼爱她。

在和爱莉莉聊天中，张丽得知她的哥哥也是和她一样"倔强"。爱莉莉的哥哥迪克今年三十岁。他在一家中外合资的大公司做英文翻译，常常陪同老板到中国做生意。有一次，一笔中美合作的生意谈成之后，中方代表宴请他。中方听说迪克十分喜欢吃北京私家菜馆里的清蒸鲤鱼，就特意邀请他去那家菜馆。

寒暄过后，主菜上席，其中就有迪克喜欢吃的清蒸鲤鱼。迪克眼睛一亮，看得出来，他真的很喜欢这道菜，于是他放下酒杯，赶紧品尝这道菜。奇怪的是，迪克夹了一块鱼肉以后，又仔细看了看做工精美的菜，就放下筷子，改吃其他的菜品了。

其他人大惑不解，以为菜品有问题，询问其缘故。让人意外的是，迪克说，这是一条即将生产的鲤鱼。在美国，我们州的法律规定，要保护生态环境，不能吃有子的母鱼。其他人赶紧说，没关系，这是在中国，不是美国，中国没有这样的法律规定。但是迪克却说，我是美国人，无论走到哪儿，都要遵守我们的法律法规。即使浪费了食物，我也不能吃。那天，迪克自始至终都没有碰那道菜。

心灵感悟

我们也许会以为爱莉莉和她的哥哥过于倔强，甚至是过于坚持原则。但是，转念一想，只有明白自己的要求，清楚自己的原则，才可以有选择性地接受别人的建议，才不会因为顺从他人的建议或想法而违反自己的原则。只有自己才能主宰自己的决定，只有学会主宰自己，认清自己，才可拒绝随波逐流、人云亦云，这就是成功的起点。

任性的女孩

　　美国德克萨斯州的一个美丽小镇上，大家相处和睦，其乐融融。小镇的最外边住着玛丽一家，她的女儿叫萝拉，12 岁，小儿子叫迈克，刚刚 4 周岁。玛丽夫妇俩十分溺爱孩子，特别是对他们的女儿萝拉百依百顺，萝拉就这样被娇惯得骄傲而任性。

　　这天，夫妇俩去临近镇子里的外婆家，就对小萝拉说："乖女儿，在家好好看弟弟，我和爸爸一会就回来，回来时，我们就给你捎回来很多好吃的东西和漂亮的衣服。"但是萝拉却满不在乎，根本就没有把妈妈的话放在心里。

　　邻居小朋友们看见萝拉的爸爸妈妈出去了，就把她拉到草地上去玩捉迷藏。刚开始萝拉还记着爸爸妈妈的吩咐，带着弟弟坐在草地上，让他参与她们的游戏，玩着玩着，萝拉就把弟弟给忘记了。

　　等她和邻居的小朋友玩累了，独自一个人坐在草坪上编花环时，才想起弟弟已经不见了。赶忙回来找时，四处都没有发现弟弟的踪迹，萝拉急得大哭起来。

　　她慌里慌张地跑到一棵大树跟前问道："喂，你看见我的弟弟迈克了吗？"大树没好气地说："任性的女孩，如果你对我礼貌一点，我就告诉你你的弟弟去哪里了。"

　　萝拉看着大树说："我就是这样，我父母还没有要求我呢，你凭什么来管教我？"

萝拉没有理睬大树，继续沿着小树林往前找，途中遇到一只小刺猬。她大声地问小刺猬："你这个丑八怪，你看见我弟弟迈克了吗？"刺猬想了半天说："看见了，小萝拉。有一群黑天鹅把你弟弟抓到树林里面的山洞里了！山洞里面有个凶恶的老太婆，她专门吃小孩的心来维持生命。"

她听到小刺猬的话，吓得坐在了地上。她请求小刺猬带她去找弟弟，走了好长时间，来到一个洞口。萝拉偷偷地溜了进去，看见一个长相丑恶的老太婆正躺在床上睡觉，迈克正坐在板凳上玩着树叶。萝拉等老太婆睡着后跑进去拉起弟弟朝洞口跑去，但机警的黑天鹅们还是发现了他们。黑天鹅们"嘎嘎"地叫着报告了老太婆。老太婆愤怒地跳起来，命令天鹅们去把他俩抓回来。

萝拉抱着弟弟一直向前跑。因为跑的太快，所以她的脚都被荆棘给刺伤了。黑天鹅们眼看就要从天空上追来了，他们俩肯定要被抓回去的。哭着跑着，萝拉好不容易来到大树面前，请求大树藏起他们。大树说："我可以保护你们，但是你必须要改掉任性的毛病，以后还要听父母的话。"萝拉和弟弟都点头谢谢大树。大树让他们钻进它的树洞里。

心灵感悟

在生活中，我们常常会因一时的任性而听凭秉性行事，放纵而不约束自己，从而引发意想不到的后果。世界这么大，我们不可能孤立于他人而生存，所以，我们在说话、做事之前应该多想想其他人的感受，多想想可能会发生的情况，只有管好自己的脾性，拒绝任性，才会避免伤害别人的同时又伤害自己。

黑天鹅们飞过大树，绕了一圈又一圈，怎么也找不到他们，垂头丧气地飞回去了。

看着黑天鹅飞远了，萝拉和弟弟继续往家跑。这时，她的爸爸妈妈和邻居们正四处寻找他们，但是谁也不知道他们在哪里。有一个砍柴的老人说，曾看见孩子们在树林里玩耍。爸爸妈妈赶快往树林里跑，刚好遇见了萝拉和迈克。回到家的萝拉向父母承认了错误，讲述了整个事情的经过，并保证以后会听父母的话，照顾好弟弟，不再任性。从此以后，任性的小萝拉变好了。

得意的大黄蜂

　　树林里住着一群黄蜂，这天天气很好，黄蜂们都出来玩耍，其中一只大黄蜂看见不远处的一个水坑里卧着一只老黄牛。这只大黄蜂上次差点被它的尾巴给拍着，这次它想捉弄一下这个老黄牛。于是，它绕到老黄牛身边，趁它不注意的时候，狠狠地蛰了老黄牛，看着老黄牛在那痛苦地跳着，大黄蜂得意极了，迎着阳光、唱着歌在菜园里飞舞。

　　大黄蜂飞累了，就在一棵树上休息，树旁一只在网里捕食的蜘蛛引起了它的注意，它决定把蜘蛛当成自己的美餐，就绕着蜘蛛网飞了好几圈，正在树叶上休息的蜻蜓看出了它的心思，急忙劝它说："大黄蜂，你可要小心啊，千万不要小看蜘蛛，它可厉害着呢！"

　　大黄蜂立刻来到蜻蜓的面前，鼻子里哼出轻蔑的笑声，毫不客气

心灵感悟

　　谦虚使人进步，骄傲使人落后。有许多人习惯于自以为是、孤芳自赏、骄傲自大、固步自封，这些人总是要吃亏的，因为骄傲自大会像麻醉品一样使你麻痹大意，让人自己过高地估计自己，当你真正深刻明白这个道理时，就已经面临着失败了。

地说："一只小小的蜘蛛算什么！那么庞大的老黄牛都不是我的对手，难道我还会怕了么？"蜻蜓看了看大黄蜂，不相信它说的话。大黄蜂看着蜻蜓疑惑的表情，就向蜘蛛网猛冲过去，让它意外的是，那细细的、洁白的蜘蛛丝一下子粘住了它，它无论怎么挣扎也无法解脱。

　　不大一会，在一旁躲着听它们说话的蜘蛛慢悠悠地爬过来，一口咬住大黄蜂，不知为什么，大黄蜂一点也不觉得疼痛，却感到一阵阵眩晕，眼前很快失去了光明。片刻之后，刚才还得意洋洋的大黄蜂就成为蜘蛛的腹中餐。蜻蜓见状，叹了口气，赶紧飞走了。

控制你的脾气

威廉·特库姆塞·谢尔曼是美国南北战争中的联邦军将领，他原本出身低微，凭借着不怕流血牺牲的勇气和智慧成为一名军官，后来进入艾奥瓦州军事学院担任教员，凭借对教育和军事的热爱，对学生的宽宏大量，谢尔曼成为一名优秀的教员并逐渐展示出他的才华。谢尔曼在当军官的时候，脾气暴躁，但慢慢地他成了自己脾气的主人，并且在他的后半生一直都很注重自身的修养。

他在军事学院担任教员的某一天，他在阅读室里给学生讲解历史课程。不一会儿，不知从哪里跑来一个顽皮的小男孩拿着一面镜子，将太阳光反射到威廉·谢尔曼先生的脸上。他正在专心致志地讲课，所以就挪动了位置，但那个小男孩却依旧不知趣地继续恶作剧。当他第三次移动椅子时，那个小男孩还是将阳光反射到他脸上。

威廉·谢尔曼这时放下书，走到小孩子的旁边。学生们都紧张极了，因为大家都以为他会将这个顽劣的小男孩训斥一顿，他却轻轻地抚摸了小男孩的头，拍拍他的肩膀让他离开了！

威廉·谢尔曼是一位军人，他的情感原本就十分强烈，但是他已经习惯于控制自己的感情，习惯于稳重、平静和自我约束。他还一直坚持每个星期天到教堂里做礼拜，为其他教徒们朗读《圣经》。一个清晨，他同往常一样在教堂里和其他教徒们一块儿祈祷，桌上摆放着他陈旧的《圣经》。祷告之后，威廉·谢尔曼开始诵读《圣经》。也许是朗读时间太长，也许是文字没有趣味，坐在他旁边的孩子开始往他身上扔东西。威廉·谢尔曼停下来，轻声叫他安静些，然后接着读。但是这个孩子非常好动，一刻也停不下来，没过多久，威廉·谢尔曼又不得不停下来教训这个调皮的孩子，这次，他用手掌拍了拍小男孩的脸蛋。

这一拍碰巧被小男孩的母亲看见了，她猛地站起来，气冲冲地来到威廉·谢尔曼的面前，当着众人的面扇了他一个耳光，并说道："你为什么要打我的儿子？"

威廉·谢尔曼的脸顿时涨得通红，但他很快就恢复了常有的平静和祥和。他停了停，抬起眼睛，瞧了瞧小男孩和他的母亲，接着又诵读起来。他镇定地读着，没有读错一个字。他的这一举动赢得了其他人的爱戴和敬仰。

心灵感悟

这个世上任何一个人在某个时候都可能生气或发脾气，但是，生气只不过是用别人的过错来惩罚自己的一种愚蠢行为。既然是如此，又何必生气？既然每个人都有自己的情绪，既然生气伤身又伤神，那么我们就必须学会控制它，否则，一些过激的言语和行为，会误事更会伤人。

"这不是属于我的"

　　张先生来到美国的儿子家看望刚出生的小孙女，他的儿子居住在美国圣何塞市，圣何塞位于美国加利福尼亚州北部。张先生来到圣何塞市之后，他发现这里的气候得天独厚，不仅空气清新，阳光明媚，而且温暖如春，到处是鲜花绿草，他觉得自己走进了陶渊明所说的世外桃源之中。

　　适应环境之后，张先生每天都出去散步，呼吸新鲜空气。一天，他随意走了好远，找不到回家的路。走着走着，忽然眼前一亮，前面出现了一个小花园。花园里的人行道上都种着一株株橘树，枝头上挂满了黄澄澄的橘子，浑圆结实，果皮上闪着油光。这种蜜橘是张先生老家常常见到的，也是他作为植物学家所研究的一个项目之一。当下，在美国的土地上见到它，张先生感到非常亲切而意外。突然，他想到了一个问题：这些橘子已经成熟了，怎么还长在树上？如果再没有人采摘，它们就会烂掉的。无人采摘，是因为它酸，还是因为其他原因？他决定弄个清楚。

　　张先生沿着这个小花园足足逛了半小时，也没有看见一个管理人员和过往的行人，他只好掉转方向准备回到住处，打算问问他的儿子。这时，他突然见到前方一个背着书包，脚踩旱冰鞋的学生模样的孩子正奋力而有规律地甩动着双臂朝自己的方向滑来。

　　张先生有礼貌地对这个美国男孩说："打扰了，孩子，你可以帮

别人的不要擅自利用，那么对于大自然呢？大自然是属于地球上所有生物的，人类又是如何凭自己的欲望尽情攫取的呢？这是个值得反思的问题。

我一个忙么？"

这个小男孩见到一个外国人请求他的帮忙，立刻表现得十分热情。他马上停住正在滑动的旱冰鞋，并且拿出手帕擦着他脸上的汗水说："当然可以了，老先生，我很愿意为您效劳。"

张先生指着小花园里的橘子树直率地问道："圣何塞的橘子是酸的吗？"

这个孩子摇摇头自豪地说："不是，我们这里的橘子很甜呐！"

张先生又指着一只熟透的橘子说："那你们为什么不采？这样让它

掉在地上烂掉多可惜。"

"对不起，老先生，我该怎么回答您提出的问题呢？"美国男孩摊摊手，耸耸肩笑着对他说，"我为什么要采摘这里的橘子呢，它是属于当地政府的，它不是属于我的。我们没有权利去采摘它们。"

男孩子说完就和张先生挥手道别，然后又开始有规律地甩动双臂向远处滑去。

望着这个男孩早已远去的背影，张先生寻思着他简单朴素的回答："这不是属于我的。"虽然是一向简单的话语，却蕴藏着十分深刻的道理。

心灵感悟

高尔基说："哪怕是自己的一点小小的克制，也会使自己和别人变得强而有力。"有些东西虽然不是你的，但是，正直却可以属于你我他。生活中不会发生那么多的大是大非，一个看似平凡的行为、一句朴素的话语，都有可能包含着对正直的理解与恪守。因为，在很多时候，那些高贵的品质往往体现于平凡的小事和平凡的人上。

糖果的诱惑

美国的一家教育机构曾经做过这样一个实验。让一群测试的孩子们待在教室里，并在教室里为每个孩子准备了一个糖果。一个老师对大家说："如果你们中谁可以坚持到老师回来时还没把这个糖果吃掉的话，将会得到另一个糖果奖励，也就是说，你将得到两个一模一样的糖果。但是，如果你们没等我回来就把糖果吃掉的话，那么你们就没有任何奖励了。"实验开始，孩子们依次走进教室，静静等着老师的到来。

测试人员在外面仔细地观察着，他们发现有些孩子刚开始很安静地待着，但是渐渐地缺乏了控制能力，受不了糖果的诱惑，就把糖果剥开吃掉了。而另外一些孩子，则牢牢记住了先前老师所讲的话，认为自己只要能够坚持一会儿，就可以得到两个糖果，于是，他们就尽量控制自己。他们也时不时地看着桌子上的糖果，接着就努力转移自己的注意力，他们有的唱歌，有的蹦蹦跳跳，有的干脆趴在桌子上睡觉，坚持不看那个糖果，一直等到老师的到来。最后这些孩子战胜了自己，得到了第二个糖果的奖励。

实验过后，研究专家们把测试的孩子们分成两组，能够抵御诱惑、坚持下来的和不能够坚持下来的孩子，并对他们进行了长期的跟踪调查。结果发现，这些孩子长大以后，那些只得到一个糖果的孩子普遍没有得到两个糖果的孩子获得的成就大。

长期的研究表明，这些小时候缺乏控制力的孩子们，不论他们的智商和天赋如何，日后成功的几率都小于那些小时候便懂得控制自己的孩子。

还有一个小故事：有一天，安妮到她的好朋友艾丽家玩。玩的高兴时，艾丽说她爸爸从中国给她带回来一个白兔形状的钥匙链。这个小白兔一身雪白，只要一按它脚上的按钮，它就会自动挪动着腿脚，做出加油的姿势。

安妮听到后，非常羡慕艾丽有这么好的钥匙链，她很想看看艾丽说的小白兔钥匙链到底是什么样子，可艾丽怕被人碰到她的小白兔，万一——不小心摔坏了怎么办。这时，碰巧艾丽的妈妈喊她去接收邮差送来的东西。

等艾丽下楼后，好奇心使安妮打开了抽屉，拿出了钥匙链。"哇，好漂亮的钥匙链！"安妮想，"要是自己有一个那该多好啊！"她这样想着，不由自主地就把钥匙链放进了自己的兜里。

安妮之所以拿走了她好朋友的钥匙链，是由于她抵制不住诱惑而做了错事，这说明她的自制力很差。可见，从小培养孩子的自制力是很重要的。

心灵感悟

塞涅卡说："自制力支配着我们的欲念，有些欲念通过健康的方式加以调节和恢复。自制力知道，最有分寸的欲望并不是为所欲为，而是适可而止。"我们的世界充满着各种各样的诱惑：财富的诱惑、权力的诱惑、美色的诱惑……太多的诱惑向我们招手，许多人一旦尝到它们的甜头，就再也无法控制自己，直到滑入堕落的深渊。只有能够抵御住初始诱惑的人，才会坚持自己的信念，直到走向成功。

迪伦戒毒

鲍勃·迪伦被认为是 20 世纪美国最重要、最有影响力的民谣、摇滚歌手，他直接影响了一大批同时代和后来的音乐人。鲍勃·迪伦少年时就有一个梦想——当一名歌手。高中时，他买到了自己有生以来的第一把吉他。他在一个小型摇滚乐队中演出，开始自学弹吉他，并练习唱歌，自己还创作了一些歌曲。直到 14 岁时，他在戏院里看到了一场摇滚演出，从此他发现了音乐的另一种功能——社会学效应。

于是，鲍勃·迪伦开始努力学习音乐有关的知识以实现当一名歌手的夙愿，可他没能马上成功，没人请他唱歌，就连小的唱片公司也没看中他。他只得到各个歌舞厅和娱乐场所演出。1961 年 1 月，鲍勃·迪伦从明尼苏达州立大学辍学，开始专心致力于歌唱工作，并到当地知名的表演场所里演出。1962 年，他的同名唱片奠定了他音乐生涯的基础。在随后的岁月里，他开始了他的辉煌时刻，他的歌声吸引了数以万计的歌迷、金钱、荣誉，所有这一切都属于他了。他的努力付出使他获得了成功。

但是，鲍勃·迪伦又经受了第二次考验。经过几年的巡回演出，他被那些狂热的歌迷拖垮了，晚上须服安眠药才能入睡，而且还要吃些"兴奋剂"来维持第二天的精神状态。他开始沾染上一些恶习——酗酒、服用镇静药和兴奋性药物甚至毒品。他的恶习日渐严重，以致失去了对自己的控制能力。从此，他不是出现在舞台上，而是更多待在没有人看见的地方。

一天夜晚，当他正沉溺于酒精的麻醉之中时，他的经纪人对他说："鲍勃·迪伦，我今天要把你这么多年的唱片和麻醉药都还给你，因为你比别人更明白你有充分的自由选择自己想干的事业。看，这就是你的钱和药片，你现在就把这些药片扔掉吧，否则，你就去麻醉自己、毁灭自己，你选择吧。"

鲍勃·迪伦这一次选择了他的事业。他又一次肯定自己的能力，深信自己能再次创造辉煌时刻。他回到住所，并找到他的私人医生，医生不太相信他的决定，认为他很难改掉喝酒和吸食毒品的坏毛病，医生告诉他："戒毒比寻找上帝还难。"

鲍勃·迪伦并没有被医生的话吓倒，他知道"上帝"就在他心中，他决心找到上帝，尽管这在别人看来几乎不可能。他开始了他的第二次奋斗。他积极地改变自己，先是戒掉喝酒的习惯，同时强迫自己戒毒，为此他忍受了巨大的痛苦，晚上不能入睡，每天总是迷迷糊糊，昏昏沉

心灵感悟

　　莎士比亚曾经说过："我们的身体就像一座园圃，我们的意志是这园圃里的园丁……让它荒废不治也好，将它辛勤耕植也好，都在于我们的意志。"习惯是一把双刃剑，它可以成就一个伟大的人，同样也可以毁灭一个成功的人。坏习惯各种各样，而且坏习惯不经意间会给其他人带来麻烦。所以，我们要拒绝坏习惯的纠缠，拒绝它无休止地拖累你健康的体魄和健全的意志，用刚强的意志战胜它，你会发现生活的天空格外绚烂。

沉，好像身体里有许多玻璃球在膨胀，突然一声爆响，还以为全身布满了玻璃碎片。当时摆在他面前的，一边是麻醉药的引诱，另一边是他奋斗目标的召唤，结果他的信念占了上风，他终于改掉了坏习惯。

经过几个月的痛苦，他又恢复到原来的样子，不再吸食毒品，偶尔喝点酒。他努力实现自己的目标。一年后，他重返舞台，再次引吭高歌，他不停息地奋斗，演唱会又一次轻而易举地获得成功。

围着古塔跑

被称之为"西方音乐之父"的德国音乐家巴赫生于音乐世家。他从小就非常喜欢音乐，并且积极地利用一切机会学习音乐。有一天，巴赫很想去汉堡听一位管风琴大师的演奏，但是，他住的地方离汉堡有90多里路。当时他家里贫穷，没钱坐车，只好带上干粮徒步赶到汉堡去听音乐会，每次来回都要一天时间。途中，他如果走累了就在田野里休息一会儿，听完音乐会之后，天就黑了，他就在农舍屋檐下的草堆中睡上一夜，天亮之后，继续赶回家，记录下所听的感想。就这样，为了听其他音乐家的演奏会，他常常步行往返，丝毫没有懈怠过。是什么支撑着他不顾风吹雨打地去听演奏会？是自制力在支持他走完全程！

宋庆龄小时候，她的父亲就非常注意培养她们兄妹几个的自制力。一天，兄妹几个贪玩，没

巴赫肖像画 （18世纪）

文中说到的巴赫是德国著名音乐家，巴洛克音乐大师。他之所以取得如此成就，靠的不单单是天分，还有顽强的毅力和刻苦钻研的精神。

有按时完成家庭教师布置的任务。她的父亲没有生气，而是带着他们出去玩。这天正好下着雨，父亲带着宋庆龄去了龙华寺，他们可不是参观这座佛教古刹。到达地点后，父亲让他们放下雨伞在寺庙的古塔下淋雨。父亲看着被淋湿透的孩子们说："你们看，这座塔千余年来不怕风雨，为什么？因为它基础牢固，骨架紧密。你们也要从小打基础练骨架。现在我们一起比赛，绕着宝塔跑六圈，看谁不怕苦、跑得快！"

父亲说完就带头跑起来，孩子们也跟着跑起来，宋庆龄奔跑时跌倒在泥泞中了，父亲见状，就叫她爬起来再跑，坚持到底。从那以后，宋庆龄每天坚持起早学习，一天也没有落下。

心灵感悟

自制力是一种可贵的意志品质。自制力也是一种习惯，哪怕是对自己的一点小小的克制，也会使人变得强而有力。一个要想有所成就的人如果缺乏自制力，就像失去了方向盘和制动的汽车，必然会"越轨"或"出格"以至于"撞车"或者"翻车"。而一个有自制力的人，通常不会受制于人和事，就算他们遇到多么大的困难和挑战，都能很好地解决。

猎杀神牛的船员

相传，哥伦布发现新大陆之后，许多国家的航海家和淘金者们纷纷去寻找那传说中的宝藏。西班牙的探险者克伦贝尔和布鲁诺驾驶着他们的船正在大西洋中航行着。一天，他们好不容易穿过一个不知名的海峡，来到广阔的大海上。船员们已经身心疲惫，都趴在船桨上休息一会儿。

终于，他们找到了船停靠的地方，因为他们发现前方有一个美丽的岛屿。靠岸后，船员们听到牛羊被人赶进畜栏时发出的叫声，十分兴奋。原来这个岛屿叫做太阳岛，岛上有传说中的神牛。船长克伦贝尔听到这个消息，突然想到出发前，有个盲人预言家警告他：不能在他航海中碰到在太阳岛屿上宰杀吞食神牛，否则他们将会遇到危险。于是船长克伦贝尔把这个预言告诉船员们，命令他们稍微休息就准备起航。而副船长布鲁诺生气地对克伦贝尔说船员们都累坏了，必须要好好休息后，才能继续向前航行。副船长布鲁诺说完以后，所有的船员都异口同声地喊道他们不愿意再向前走了。克伦贝尔看到疲惫不堪的船员们，只好让他们找个空地，搭帐篷休息，并且告诫他们不可宰杀这个岛屿上的神牛，船员们很爽快地答应了。

这天晚上，突然起了大风暴，黑云与浓雾遮蔽了大海与天空，狂暴的南风掀起的大浪拍打在海岸上，克伦贝尔的船也无法出海。这样的恶劣天气整整持续了一个月。在此期间，船员们吃光了船上的粮食，喝光了船上的葡萄酒。在饥饿的驱使下，他们开始捕鱼、猎杀海鸟，然而由于海上风大浪急，他们所获甚微。克伦贝尔一个人来到岛中央，向天神祈祷天气好转。祈祷完毕，他发现了一个可以遮风挡雨的地方，便进去休息。

克伦贝尔醒来后，来到船员们休息的地方，闻到烤肉的味道，等到克伦贝尔走进一看，大吃一惊，原来布鲁诺趁他不在，召集船员猎杀了这个岛屿的神牛。气愤之余，他开始斥责船员，但是既然那些牛已经被宰杀，他也无可奈何。就这样，船员们就靠吃这些肉维持了六天，只有克伦贝尔没有吃。

过了几天，暴风雨停息了，太阳重新升起。于是克伦贝尔带领着他的船员们扯起船帆，重新起航。当他们航行在大海的正中央时，天气突变，一眨眼的功夫就聚集起阴云，随后刮起狂风，大风吹断了桅杆，桅杆砸死了好几个船员。接着闪电击中了船体，整个船开始倾斜，由于不平衡，船身剧烈地摇晃起来，将全部船员掀翻到海水之中，不一会就被突如其来的狂风巨浪不知吹到哪里去了。

幸运的是，只有克伦贝尔用绳子和折断的桅杆做成一个简易的木筏，被大风吹到一个可以避风的小岛附近。

心灵感悟

面对社会上的种种不良诱惑，有些人的心智还没完全成熟，世界观、人生观尚未形成，判断是非的能力较差，自我控制能力不强，从而容易受到诱惑和侵蚀，最终会受到惩罚的。然而，强而有力的自制力是我们抵抗诱惑的力量源泉。

不拘小节的代价

　　北京一家大型广告公司里，业务员卢克是一位热情开朗的小伙子，他平时乐于助人，又比较幽默，大家都很喜欢他。但是他有个坏毛病，就是时不时就冒出一两个不雅的口头禅，这让同事们很不习惯。曾经和他共事的老前辈告诫他，如果常常说些不雅的口头禅，会对他的工作带来不好的影响，必须改正。卢克听过之后，点头同意，此后也真的戒过几天，但是"江山易改，本性难移。"没过几天，卢克又旧病复发了。同事们见他这样，除了偶尔笑笑听听，也都不劝说他改正了。

　　一眨眼，两年过去了，卢克也变成公司的业务尖子，被提升为经理助理。有一天，卢克和经理与几位香港的客户吃饭，席间他老毛病又犯了。由于包间空调开得太小，他顺口说了一句不雅口头禅，然后不顾别人的感受跑过去按遥控。接着客户聊起这北京塞车和环境污染问题，他对这个问题也是不满，又随口来了句口头禅。

　　香港来的这些客户中有一位是女士，她出生在英国，自小接受的是文明礼貌教育。这位女士虽然不太精通中文，但是却也可以听懂这些是不雅的口头禅。她先是皱了皱眉头，没有吭声，但是后来接二连三地听到，觉得这样坐着非常难受，于是她很礼貌地对经理说："对不起，我刚刚想起有件事还没办，只好先回酒店了。"

　　经理赶紧站起来挽留："不急不急，再吃点，然后再送你回酒店。"

　　这位女士看了看站起来的卢克，就赶忙说："谢谢，但是我真的等不及了。"

经理见她态度坚决，不可挽留，只好说："那好吧，下次有机会一块出来坐坐，先让我的助理送你回去吧。"

卢克赶紧跑过去给这位女士开门，这位女士不好拒绝，只好说了声谢谢，然后低头快步地出门。走到停车场时，卢克突然发现仓促间忘带车钥匙，又不自觉地说了句口头禅，然后奔回座位上取钥匙。但是等他跑出去时，发现那位女士已经走了。

自然，这笔生意没有成功，香港代表的理由是："贵公司虽然各方面条件都很优秀，但贵公司的职员却存在着一些不礼貌的现象，这让我们不能把这样重要的业务交给你们，对此我们深表歉意！"

经理失去了一大笔生意，正在思考问题出在哪里。想了半天，才想出问题的症结，原来问题出现在卢克身上，经理只好忍痛把这位受人欢迎、却不拘小节的小伙子给辞退了。

心灵感悟

老子说："天下大事，必作于细。"生活中往往有一些细节为我们所忽视，有些事情就是因为一个细节而功亏一篑。细节体现了一个人的个人素质和对人对事的态度。那些不拘小节的言行举止，对注重礼仪的人来说就是不礼貌和不尊重别人的行为，是会令人反感的，从而失去成功的机会。

第二章　躬身自省是生命的加速器

我们都应该首先反省自己

大约五年前，我在日本开车撞了一个老太太。

事情的经过是这样的：那天是星期天，我和老婆带着孩子开车去买东西，走的那条路是一条可供五辆车同时通行的单行道。那天阳光明媚，视野良好。我走在靠右边的道（日本是靠左行驶的），快走到中央大道的交叉点时，我刚确认了前面是绿灯，准备匀速通过的时候，正前方突然出现了一个骑自行车的老太太。我万万没有想到我的前面会突然出来一个人，考虑到后面还有孩子和老婆，我下意识地先踩了一半刹车，再把刹车踩到底。尽管这样，老婆和女儿还是来不及发出惊呼，头就已经撞在了坐椅后背上。

待我紧急停车时，只见我的车头上滚上来一个人，又咕咚一下滚了下去。我走下车来，颤颤地走到老太太身边，老太太看上去有六十多岁，她横卧在地，血流了一大片。我的脑子嗡的响了一下。这时老太太呻吟起来，老太太的呻吟声多少给了我一些安慰，她没死！

这时我开始冷静下来，于是掏出电话打给警察，陈述了地点。

警察三分钟就来了，同时还来了救护车，老太太被抬上了救护车，我接受警察调查。

警察："谁打电话报警的？"

我说："是我。"

警察："请把你的手机给我看一下拨号记录，请出示你的驾照。"

摘花

人非圣贤，孰能无过呢？只要活着就会不断的犯错误，关键在于犯了错误会后悔，知错就改是人生最大的境界啊。

这时，两个女大学生走过来跟旁边的警察说，是那个老太太闯红灯，她们愿意作证。

警察带我到刹车处看了看刹车痕迹后问我：你在哪里刹的车？我说我也不知道，脑子混乱了。警察沉默了一会，跟我说：如果你的速度是50迈就应该在这里刹的车，如果你的速度是60迈就应该在那里刹车了。"那我就在这里刹的"，我指了指近处。

警察看都没看，只顾着在本子上写着什么。过了一会，警察大概写完了，抬起头对我说，今天有人作证你没有闯红灯，老太太也说是她闯红灯的，你可以回去了，但不管怎么说，你明天都得来一下××警察署。

第二天，我去了警察署，警察对我一番教育后说："即使你没有过失也有义务去医院看看老太太，这是道义上的问题。"我赶紧连连称是。

当天下午我就和老婆买了糕点去医院看望老太太。走进医院说了老太太的姓名和床位，一个护士叫我稍等，她去病房看看情况。只过了一会，突然听到脚步声大作，一帮人朝我奔来，我感到不妙，家属找我拼命来了。正在我犹豫是不是要拉着老婆逃跑时，这伙人已经冲到我面前了，跑在最前面的两个人一边朝我鞠躬一边说："真对不起，给您添麻烦了！"

我一时没有准备，竟不知道怎样回答才好。这时，跑在后面的几个人也说话了："实在对不起，她那么大岁数的人了还像个小孩似的闯红灯，给您添了不必要的麻烦……"

　　我的眼睛湿润了，我什么都没说，只是不停地给他们鞠躬……

　　那天看望了老太太，她本人也没有责怪我，她说：她那天脑子里想着事情，也不知怎么地就闯了红灯了。但我和老婆还是表达了歉意，我说，如果我开车精神再集中一些就不会发生这种遗憾事了。

　　走出了医院，我突然想哭，老婆问我为什么。

　　我说："我不知道。"

心灵感悟

　　我想说的是无论出了什么事情，首先都应该从自身找问题，首先反省自己。如果万事都可以用这样的态度来解决，那么一切混乱、一切争执、一切麻烦，都会迎刃而解。可是，我们是不是都能做到呢？反省自我的力量，真的是无穷的。

自己找办法

相传，嵩山少林寺里有一个得道高僧，当来自四面八方的人问他禅是什么时，他缓缓讲了一个故事：

从前有两个贼，贼父亲和贼儿子。贼父亲年纪逐渐老了，不能继续从事偷盗行为。有一天，他的儿子问他："父亲！您老了，也不可能偷盗，您就赶紧把您偷盗的技巧告诉我吧，这样我才可以继承您的衣钵，给您养老啊！"贼父亲看着真诚的儿子，不好推却，便答应了。

一天晚上，贼父亲就带着儿子来到当地一个地主家，在地主家围墙外挖了一个洞，然后钻进屋里。找到地主家的藏宝处后，父亲拿出小偷专用的万能开锁钥匙，将一个大柜子的锁打开，再打开柜门，并叫他儿子进到里边。等他儿子进去之后，他迅速把柜子锁了，一溜烟跑出去大喊道："有贼！有贼！"他不管儿子的死活，独自一个人逃走了。

地主听到家里有人喊"捉贼"，急忙起来吩咐下人搜查，搜查一圈之后，没有发现丢东西，也没有看见贼，就以为是谁做的恶作剧，继续回房间睡觉了。这时被父亲锁在柜子里的儿子，没有时间琢磨父亲为什么这样做，只是一门心思想怎样才能逃出去。他就学老鼠咬衣柜的声音，一会儿，刚刚睡下的地主太太听到窸窸窣窣的声响，就叫丫环掌灯来看看情况。丫环刚打开柜子，躲在里面的小贼一跃而出，一掌把丫环打倒，把灯吹灭，成功逃走了。地主抬头发现倒地的丫环后，立刻派人追赶。追到河边，这个小贼情急智生，把一块大石头抛在河里，自己绕着道儿回去了。

　　他气喘吁吁地跑到家里，看见他的父亲正在悠闲地喝酒，坐下之后就开始埋怨他父亲为什么把他锁在柜子里，如果被地主逮着可怎么办。贼父亲没有解释，只问他怎样出来的。他把经过说了之后，贼父亲便捋着胡子微笑着说："我不用担心你以后没有饭吃了！"

心灵感悟

　　这只是一个传统的佛教故事，目的也只是在教导众人要自己寻找办法。一位学者说："办法总比困难多，勤思天下无难事。"在日常生活中，每当我们碰到麻烦和困难时，不要依赖别人，一定要积极动脑思考，力图找到解决问题的办法，慢慢养成自己寻找办法的习惯。

不要同情自己

我有一位朋友，因为幼年时患了一场大病，命虽保住了，但下肢却瘫痪了。他的父亲是邮局干部，在他中学毕业后设法在邮局给他安排了一份可以坐着不动的工作，工资及各种福利待遇都与常人无异。在这个岗位上，他努力工作，表现优异。

按说，一个重残的人，能有一份这样安稳有保障的工作，应该是十分幸运了。他的许多身体健康的同学，都还在为谋一份职业而在各个地方四处奔波呢。但他却辞职了，因为他在人们的眼光中，不但看到了同情，也看到了怜悯还有不屑。他的自尊心在这种目光中一次次被刺伤，所以纵是父亲的耳光和母亲的哭求都没能阻止他。他的意志比普通人的意志还要坚强，他坚信，自己不需要同情。

辞职后他先是开了一间小书店，但不到半年便因城市改造房屋拆迁而不得不关门。之后，他又与人合办了一家小印刷厂，也仅仅维持了一年多，便因合伙人背信弃义而倒闭。两次经商，都使他债台高筑。这时他的父母和朋友们又来劝他："你一个残疾人就别胡折腾了，多少好手好脚的人，还不能在这竞争激烈的社会中生存呢！"父亲劝他老老实实回邮局上班算了。

但他没有回头，这次选择了开饭店。这次他吸取前两次的教训，一年下来，小饭店竟赢利 10 多万元，于是他又开了两家连锁店。十年之后，他的连锁饭店不但在他居住的城市生根，而且还不断在周边的大小城市一间间开张。他自然也就成了事业成功的老板，而且娶了漂亮能干的妻子。当有人问他成功的经验时，他说："就是千万不要同情自己。别人同情你不要紧，若自己同情自己，就会成为懦夫，失去奋斗的动力，也就决不可能成功。"

心灵感悟

　　在我们的生活中，不管是身有残疾和病患的人，还是健康的人，在遭遇挫折和失败的打击时，都会生出悲观失望、自怜自卑的心情来。在这种情绪的笼罩下，人们往往不是寄希望于别人的援手，就是一蹶不振，失去重新尝试的勇气。这时一定不要同情你自己，要对自己进行鞭策和批判，反省和检讨失败的原因，才会走出懦弱心理的陷阱。事业的成功，往往取决于能否战胜自己的软弱，不给自己倒在地上爬行的理由！

　　给自己一个理由，让你的人生不再那样失落，让你的朋友和家人不再为你而担心，要知道，很多人都希望能看见你自己站起来。

低头也是一种智慧

　　记得在我小的时候，我家的庭院前种了很多向日葵，而经过观察我发现这些向日葵总是低垂着头。于是我便突发奇想，找来了绳子和竹竿，把其中的一棵向日葵固定起来，让它昂首挺立，直面太阳。我幼稚地认为这样做就可以让向日葵不用转来转去了，也能够更好地吸收阳光，将来结出的果实也一定会更加饱满、更加香味四溢。

　　很快，炎热的夏天过去，凉爽的秋天到来，万物结实，漫山遍野一片成熟的繁华。向日葵也成熟了，我迫不及待地来到那棵被我关照过的向日葵跟前，我猜测它应该生出最饱满的颗粒。但事实上，结果让我感到沮丧，那棵向日葵空空如也，里面不但没有一粒饱满的籽，而且还散发出一股刺鼻的霉烂味。我十分不解地问父亲："为什么昂着头的向日葵会颗粒无收呢？它没有吸收阳光的滋养吗？"父亲摸着我的头，呵呵地笑着说："傻孩子啊，向日葵一直头朝上时，里面收集的多余的雨露排不出去，很容易滋生有害细菌，久而久之它就会霉烂掉，你是好心帮倒忙啊。其实，向日葵略微低头，一是为了表达对太阳的虔诚与敬意，二也是为了保护自己不受雨露的伤害啊。"

　　听了父亲的话后，我似懂非懂地点了点头。后来随着年龄的增长，我通过观察发现不只是向日葵，许多其他植物也都明白这个道理。比如，当麦子青涩的时候，它们总是昂首挺胸，一副无所畏惧的模样；可当它们成熟的时候，却总是谦逊地低垂着头，一副与世无争的样子，因为这样可以有效地避免被风雨折断的危险。

这时，我才恍然大悟，原来低头也是一种大胸怀、大境界、大智慧。

我有一个朋友，他一直奉行着"人善被人欺，马善被人骑"的处世原则，相信强硬的态度才是群体生存的重要工具，因此他为人处事十分强硬，天长日久，得罪了不少人。在单位里，他很长时间内得不到领导的器重，同事也因他的强硬性格不怎么欢迎他。每次的升职都与他无缘，提干也与他擦肩而过，混了好多年，还只是一个小职员。朋友为他担心，劝说他要改变自己，他和往常一样，冷冷地说："我只是捍卫自己的权利而已啊，这有什么不对的么？"

这的确没有什么不对的，只是方式有问题。左宗棠有一句名言："穷困潦倒之时，不被人欺；飞黄腾达之日，不被人嫉。"一个人应该懂得什么时候应该争取，什么时候应该放下，一味地委曲求全，那是一种懦弱；一味地趾高气扬则是一种愚昧。一个逞强好胜、傲慢无礼、不可一世的人，他很难得到别人的认可与肯定，也很难在事业上有所成就，不是在现实面前碰得头破血流，就是遭人排挤、孤立无援，郁郁不得志。

心灵感悟

人处世间，总免不了两种行动姿态——昂首与低头。世界有风雨，人生有坎坷。昂首，就是无论何时你都要给自己一个希望，经受风雨才能看见彩虹，踏过坎坷你才能迎接成功。至刚易折，上善若水。做人不可无傲骨，但不可有傲心。君子之为人处世，犹如流水一样，善于便利万物，水性至柔，不与人纷争不休。因为他们明白，能低者，方能高；能曲者，方能伸；能柔者，方能刚；能退者，方能进。这也是两个故事所阐述的"低头"思想。

每天三省吾身

曾子，名参，字子舆，是孔子弟子中以注重修身著称的优秀弟子，他检查自己的重点是道德修养与治学。他要求做事必须对自己、社会、朋友负责任。他勤于求学，永不懈怠。

曾子还是个经常反思自己的人。他有一句名言叫"君子一日而三省"。这句话的意思是"我每天多次自我反省：为别人办事有没有竭尽全力呢？和朋友交往有不诚实的表现吗？老师教的东西有没有去复习呢？""三省"这段话语言质朴、语气真诚，表现了说话人正直的品格和坚定不变的信念，成为后人修身的典范。

有一次，曾子的夫人到集市上去赶集，他的儿子哭着喊着也要跟

心灵感悟

在我们的生活行为中，有很多是可以影响他人的行为，所以在一些行为行动时应该学习曾子的"三省"，尤其是老师、长辈、领导这些群体。每天反省自己，对自己一天的行为做一个深层次的检查，不断发现和改正自己的缺点，认识和发扬自己的长处，并不断激励自己，超越自己，从而让自己的人生之路走得更稳、更好，也更扎实。

着去，母亲对孩子说："你先回家呆着，待会儿回来后杀猪给你吃。"

曾子的夫人从集市上回来，就看见曾子正要捉小猪去杀。她劝阻说："我只不过是跟孩子开玩笑罢了，哄他不哭的。"曾子说："夫人，这是不能开玩笑的啊！小孩子没有成熟的思考力和判断能力，父母的行为举止都会潜移默化影响孩子，对孩子以后造成巨大影响。现在你在欺骗他，这就是教育咱们的孩子骗人啊！母亲欺骗儿子，儿子就不会再相信自己的母亲了，这样的教育方法不是正确方法啊。"于是曾子坚持自己的意见，把猪杀了，煮了之后给儿子吃掉了。

停止反省，等于停止进步

在古代夏朝时候，一个背叛夏禹的诸侯有扈氏率兵入侵，夏禹于是派他的儿子伯启去平息暴乱，结果伯启大败而归。他勇猛的部下很不服气，要求继续进攻叛贼，但是伯启淡定地说："不必了，我兵多将广，土地更是不知胜过有扈氏多少倍，却被他打败了。我反省过，这一定是我的德行不如他，兵法研习不如他的缘故。从今天起，我一定要努力改正，让周邦之国、反叛之贼全都拜服我的品德。"

从那以后，伯启每天很早就起床工作，粗茶淡饭，衣着朴素，修桥铺路，任用有才干的人，尊敬有品德的人。一年之后，有扈氏知道了，不但不敢再来侵犯夏禹，反而自动投降了。

伯启明白，不战而屈人之兵就是要以德服人。当军队士兵众多但不能战胜弱小军队时，首先就要反省自己，是不是兵法或品德上的过

心灵感悟

在生活中会遇到各种失败或挫折，假如都能像伯启这样，肯虚心地检讨自己的错误，马上改正所看到的缺点，这样不停地提高自己，那么最后的成功一定是属于你的。

错，这样军队实力就会一直得到提升。而一旦不去反省过错，将错就错，则害人害己。

　　人生的路很长，一个人走路时，必须不时回过头来看看自己的脚印，经常反省自己。人总是要犯错误的，有时候无意间说错了话，做错了事，伤害了别人，自己心里也很难受，很不是滋味。这其实就是在反省自己，这种精神负担有助于自己在新的一天里努力不要说错话，不要做错事。

　　当然，我们不是圣人，不可能不说错话不做错事。每个人都或多或少存在着一些错误和缺点，这些错误和缺点就如同一个房间的灰尘和污垢一样，只有及时打扫和清洗，才能保持房子的清洁和鲜亮。

承认犯错，才会有机会补救

很小的时候，我们就听过这样一个故事：

弗斯八岁那年，有一天，他跟着爸爸到姑妈家去做客。表兄弟表姐妹见到弗斯都高兴极了，都要拉着他一起去玩。

他们玩了孩童时期的各种游戏，快要玩疯了。当他们在房间里玩捉迷藏时，弗斯想躲到桌子底下，不小心碰到了桌子，桌子上的一只花瓶掉下来，打碎了。表兄弟表姐妹们正玩得起劲，谁也没有注意到弗斯的举动，几个人还是互相追赶着。

弗斯的姑妈听见声音，跑到屋里一看，地面上都是花瓶的碎片，就问："这是谁打碎的？"表兄弟表姐妹都说："不是我！"弗斯也低声道："也不是我。"

姑妈笑着说："那一定是花瓶自己打碎的。"大家都笑起来，只有弗斯没有笑，他心里很不是滋味。

其实自己在人们心目中的形象就像美丽的花瓶般易碎，所以这就需要我们时时刻刻去维护。

回到家里后，弗斯吃饭时闷头不语，饭后躺在床上不说话。妈妈问他为什么不高兴，弗斯把打碎花瓶的事告诉了妈妈。

妈妈问："孩子，你自己犯错了，心里很难过吧？那就给姑妈道歉吧。"妈妈说完后叫他写信给姑妈，承认自己说了谎。

弗斯多么希望获得姑妈的原谅，而且他发誓再也不说谎。这些天，他深深地体会到说谎后的滋味是多么的不好受。

几天后，邮递员送来了姑妈的回信，姑妈在信上说："你做错了事能自己认错，就是个诚实的孩子。信中你说怕得不到原谅，我的好孩子呀，如果你不承认自己的错误，那么永远不能补救过错。"

心灵感悟

犯错很容易，承认错误却很难，当然，这里的错误并非绝对的错误，所以，想要承认这样的错误更加难，因为每个人都有自己的说辞，想要承认自己的观点想法是不对的无疑是在抽打自己的嘴巴，自然推卸责任或不承认错误成了每个人的选择。在一件错误的事情发生后，逃避、隐瞒都只会使自己的心灵受到伤害，使事态朝着更加恶劣的方向发展。所以只有承认了错误，才能名正言顺地获得帮助，正所谓"苦海无边，回头是岸。"

千万别做"空仓"

　　在浩渺遥远的大海上，一艘货轮在老船长的带领下顺利完成了任务，卸货后返航。就在归途中，天色渐渐阴霾，强风卷着水沫扑向船身，大风暴即将来临。这时，年轻的船员们都惊慌失措了，经验丰富的老船长果断下令："打开所有空货舱，立刻往里面灌水。"

　　年轻水手更加慌乱了，他们担忧：老船长是不是吓糊涂了，往船里灌水是险上加险，这不是自找死路吗？

　　老船长镇定地解释道："你们见过根深干粗的树被暴风刮倒过吗？

　　人生何尝不是这样呢？那些胸怀大志、博学多识的人，沉重的社会责任感、家庭责任感时时刻刻压在他的心头，因此人生的脚步更加坚稳，从岁月和历史的风风雨雨中坚定地走了出来。而那些得过且过的轻松人，像一个没有盛水的空木桶，小小的一场人生的风雨便会把他们彻底地打翻了。

　　记住，给我们自己加满"水"，使我们负重，虽然辛苦，但"劳其筋骨"者，才能成大事。

被刮倒的都是没有根基的小树。"

　　水手们仍然不确定这样做是否正确，半信半疑地照着做了。风暴来临了，惊涛骇浪让船只如一叶扁舟，左右摇摆得厉害。但随着货舱里水位越来越高，货轮也渐渐地平稳了。

　　这只船在老船长的带领下成功返航。下船后，老船长告诉那些年轻的水手："一只空木桶很容易被风打翻，如果你把它装满水，风是吹不倒的。船在负重的时候才是最安全的；空船的时候才是最危险的时候。"

为了你，我愿意拆一座亭子

美国有一名政治家福克斯，他在美国政界是十分受尊敬的政客。他品格高尚，以诚实和信用为本，改变了公民对美国政界谎言式的行政方式。

当福克斯在政坛上风生水起时，政坛上的环境是充满欺骗的。很长时间里，公民对政治并不感兴趣，甚至反感。民众认为政治就是谎言、就是欺骗，没有人比政客们更会撒谎了。在福克斯做出很多努力并且承诺造福民众时，仍然有许多公民对福克斯的个人品德持怀疑态度，对福克斯的承诺存半信半疑的态度。

有一次，福克斯受邀参加大学演讲，大学生们问他："你在从政的过程中有没有撒过谎？"

福克斯诚恳地说："不，从来没有。"

这时大学生们在下面窃窃私语，有的还笑出声来表示质疑。这些学生明白每一个政客都会说这样的话。

福克斯并不懊恼，他呵呵地笑道："孩子们，在这个社会上，也许很难证明自己是个坚守承诺的人，但是，你们应该相信这个世界上还有真诚，它永远都在我们的周围，我们不能因它稀少就去继续弱化它，反之，提倡才是正道。我想给你们讲一个故事，也许你们听过了就忘了，或者还在认为我在说教，但是这个故事对我很有意义。"

有一位父亲是位品德高尚的绅士。有一天，他觉得园中的那座旧亭子应该拆了，于是到街上找来了干活的工人，让他们把亭子拆了。而他的孩子对拆亭子的事情很感兴趣，他对父亲说："爸爸，我想看看怎么拆掉这座旧亭子的，等我从寄宿学校放假回来再拆好吗？我想知道全过程。"

父亲欣然答应了。但在孩子上学后，工人们却很快把旧亭子拆了。

孩子放假回来后，发现旧亭子已经被拆除了，他闷闷不乐，对父亲说："爸爸，你不守承诺。"

父亲惊异地看着孩子。

孩子说："你说过的，那座旧亭子要等我回来再拆。"

父亲诚恳地说："孩子，是爸爸错了，我既然答应了你，就应该实现自己的诺言。"

于是父亲很快召集来了那些拆亭子的工人，让他们按照旧亭子的模样重新在原地造一座亭子。工人们都很好奇，但也没有多说什么。

亭子在督促下很快建造完工。之后，他叫来了孩子，对工人们说："现在，你们开始拆这座旧亭子吧。"

福克斯接着说："同学们，碰巧，我认识这位父亲和孩子，这位父亲并不是非常富有，但是他却为了让孩子认识到诺言而不惜花费本就

心灵感悟

在各种品德里，信守承诺是十分重要的高尚品德。承诺过的事情就要做到，不然还不如不去承诺。为了挽回承诺上的损失，一位父亲不惜花费本就拮据的钱财来"拆一座亭子"，在拆亭子的同时，也是在为自己的孩子、为后人建造一座"诚信宫廷。"

不多的钱财去弥补自己的过失。"

大学生们问："请问这位父亲叫什么名字，我们希望认识他。"

福克斯略显悲伤，说："他已经过世了，但是他的儿子还活着。"

"那么，他的孩子在哪里？他应该是一位诚实可信、品德高尚的人。"大学生们问。

福克斯非常平静地说："他的孩子现在就站在这里啊，就是我。"福克斯接着说，"我想说的是，我愿意像我的父亲一样，为自己的诺言为你们拆一座亭子。我愿终身以这位父亲作为榜样。"

演讲完毕，台下掌声雷动。

没有野心，就没有机会做大事

在法国有一位穷苦的年轻人。他以推销装饰肖像画起家，经过不断努力，在不到十年的时间里，迅速跃身成为法国 50 大富翁之一，成为一位年轻的媒体大亨。不幸的是，因过度劳累，在医生检查时，发现他患上前列腺癌。1998 年，这位俊才在医院去世。

去世后，法国的一份报纸刊登了他的一份遗嘱。在这份遗嘱里，他说：我曾经是一个穷人，在以一个富人的身份跨入天堂边界之前，我把自己成为富人的秘诀留在人间，谁若能通过回答"穷人最缺少的是什么？"猜中答案者将能得到我的祝贺，我留在银行私人保险箱内的 100 万法郎将作为睿智地揭开贫穷之谜的人的奖金，这也是我在天堂给予他的欢呼与掌声。

遗嘱刊出之后，有成千上万的希望得到财富的人寄来了自己的答案。这些答案五花八门，应有尽有。很大部分人认为，穷人最缺少的当然是金钱了，有了钱，就能靠钱滚钱，就不会再是穷人了。另有一部分人认为，穷人之所以穷，最缺少的应该是机会，穷人之穷是穷在"走背字"上面。又有一部分人认为，穷人最缺少的是一种生存技能，一无所长所以才穷，有一技之长才能迅速致富。

在这位大富翁逝世周年纪念日，他的律师和代理人在公正部门的监督下，打开了银行内的私人保险箱，公开了他致富的秘诀，他认为：穷人最缺少的就是成为富人的野心。

在成千上万的答案中，有一位年仅 14 岁的女孩猜对了。可为什么只有这位 14 岁的女孩想到了穷人最缺少的是野心？她在接受 100 万法郎的颁奖的日子用稚嫩的口音说："每次，我姐姐把她 16 岁的男朋友带回家时，总是恶狠狠地警告我说不要有野心！不要有野心！于是我想，野心也许可以让人得到自己想得到的东西。事实上，我真的得到了我想要的东西，我现在是富翁了。"

　　谜底揭开之后，很快震动法国，并波及英美。一些新贵、富翁、穷人就此话题谈论时，均毫不掩饰地承认：野心绝对是永恒的"治穷"特效药，是所有奇迹的萌发点，穷人之所以穷大多是因为他们有一种无药可救的缺点，也就是缺少致富的野心。

拿破仑加冕典礼　雅克·路易·大卫（1748 ~ 1825 年）

　　野心其实和胸怀大志是一个意思的两种表述，本质上都是一种进取心的作用。图中为拿破仑加冕典礼的场景，拿破仑这位平民出身的士兵，终于登上了法兰西的皇位。他就曾经说过："一个不想当将军的士兵就不是一个好士兵。"

在工地上，老板经常会大声对埋头苦干的劳工吆喝"面包会有的，牛奶会有的，只要好好干。"这样的话语，无疑是对思想的麻痹，这种看似鼓励的方式其实是围困思想的高墙，没有任何老板会对属下说："你看，你永远成不了我；你看，我的生活多么优质；你看，别给我打工了，有什么出息；你看，你就是劳动力而已，而且，脑子还不好使。"

心灵感悟

"认命"是一种对生命极度不尊重的消极状态，只有不肯劳动、不肯努力、害怕失败的人才会"认命"，从而丢掉了骨头，输掉了魂！和"认命"相对抗的就只有"野心"。万事开头难，有目标就不难，创富是从制定目标开始的。天下没有不赚钱的行业，没有不赚钱的方法，只有不赚钱的人。"人穷烧香，志短算命"，要是没野心，一个学生，如要他仅以60分作为学习目标，他肯定不会出类拔萃；一个员工，如要他只以养家糊口为自己的人生目标，那他一辈子可能都在以微薄的工资疲于奔命；一个运动员，如果他的人生目标只是在国家队混碗饭吃，那他永远不可能打破世界纪录。我们必须以比普通人更高的眼光看待自己，否则你就永远只能是一个小小的员工。

缺点永远在别人身上

有一天，天神和天使来到人间视察。天神看到森林里有很多奇怪的生物，于是问天使："它们为何不能和你长得一样美丽呢？它们这样的外表怎么能够开心呢？"天神指着这些郁郁寡欢的众生说："它们真的不开心呢。你能不能把它们变成和你自己一样美丽。"

天使说："可以啊，不过它们必须经过我的考验。"

于是天使幻化，神光四现，变身成一个樵夫。爬到最高的树上大声说："所有的动物们都听好，如果有谁对自己的相貌或形体不满意，在今天都可以提出来，我会尽力帮你们改正的。"

动物们都不相信眼前的人会这种魔法，但留下来凑凑热闹也好。

樵夫转身对爬上树枝的猴子说："猴子，过来吧！你先说，你和它们比较之后，你认为谁最完美呢？你对自己的外形满意吗？"猴子回答说："我觉得我的四肢完美，而且行动灵敏，相貌更是无可挑剔，所以我十分满意呀！不过要跟其他动物比较的话，我倒觉得黑熊老弟的长相又粗又笨的，如果我是他的话，这辈子我再也不要看见自己这副蠢模样了！"

这时，大熊步履蹒跚地走过来，大伙都认为它也会这么认为。但没想到它却开始吹嘘自己，不仅认为自己外表威武雄壮，还丝毫不知收敛的批评起大象。它说："你们看一看大象老哥啊！虽然它十分壮硕，但是尾巴那么短，耳朵又太大，身体根本笨重得毫无美感可言！"大象听到大熊的这番话非常生气，但对于事实，他没有去辩驳，而是转了话锋批评起其它的动物："以我的审美观来看，海中的鲸鱼比我肥胖多了，而蚂蚁则太过渺小呢！"

这时，正在扛着粮食的小蚂蚁笑道："我是渺小的，在路上我总是绕着你们走的。但我并不觉得你们太大，也不怪你们挡住了道路。"

这时，樵夫在一阵白光下又幻化成天使模样。动物们惊呆了。

美丽的天使叫住正要回家的蚂蚁，用纯净的声音道："小蚂蚁，你被选作森林天使，希望这片森林里的动物都和你一样诚实、谦逊。"

说完，神光一现，直扑蚂蚁。等到神光消失时，一位俊美的少年出现在大家面前，还有那双洁白的翅膀正扇动着。

心灵感悟

认识不到自己的缺点，就永远无法改正。相反，正视自己的缺点，并且能够谅解别人的缺点，才是最美丽的天使。有时候，人们人云亦云，总是在数落别人，从不肯看看自己的缺点。或者总说别人"你从来不看自己身上的缺点"，却忘记了检讨自己。每个人都有缺点和弱点，但有的人能够治疗它们，有的人则在它们面前无能为力。成大事者的习惯是碰到缺点和弱点，就立即进行自我反省，分析其中的弊害，防止把一个缺点和弱点带入到行动的过程中去，伴你而行，这就叫明智！

自以为是，会妨碍你的前途

从前有一位很著名的心理学家，很擅长分析他人的心理，尤其是通过别人的画来分析。某一天，他又开始做心理分析的活动，在那个活动中有许多人参加，其中一个是一位修禅的禅师。

心理学家像往常一样，让那些人作画，那些人中，有的画了房子、有的画了花草树木、有的画了日月星辰、有的画了人物和动物等等……而只有那一位禅师，拿着画笔在虚空中挥舞了几下，然后就将笔放了下来。

心理学家走到那些人面前，并且根据那些人的画一一做了分析。可是当他走到禅师面前的时候，他看见禅师面前放的依然是一张白纸，于是就问了禅师原因。

心理学家道："咦！我不是叫你画一张画吗？你画好之后，我好帮你分析你的心理活动啊。"

那位禅师回答道："我已经画好了啊，只是你没有看见而已。"

这时只见那位心理学家望着那个禅师桌子面前的一张白纸，顿时哑口无言。

心灵感悟

其实这个故事告诉我们，看问题不可自以为是，不可以自己的看法和观点去随意猜测或评判别人。其实我们很多人，都会犯这个心理学家所犯的错误，总喜欢用自己的标准和看法来衡量别人，殊不知这样做，却是将自己给困住了。

自我反省

一位主修心理学的韩国学生到剑桥大学留学。他常在下午到学校的咖啡厅或茶座听一些成功人士聊天。

这些成功人士包括一些诺贝尔奖获得者，某一些领域的学术权威和一些创造了经济神话的人。这些人幽默风趣，举重若轻，把自己的成功都看得非常自然和顺理成章。

时间长了他发现，在国内时，他被一些成功人士欺骗了。那些人普遍把自己的创业艰辛夸大了，也就是说，他们在用自己的成功经历吓唬那些还没有取得成功的人。作为心理系的学生，他认为很有必要对韩国成功人士的心态加以研究。

之后，他把《成功并不像你想得那么难》作为毕业论文，提交给

心灵感悟

并不是因为事情难我们不敢做，而是因为我们不敢做事情才难的。人世中的许多事，只要想做，都能做到，该克服的困难，也都能克服，用不着什么钢铁般的意志，更用不着什么技巧或谋略。只要一个人还在朴实而饶有兴趣地生活着，他终究会发现，造物主对世事的安排，都是水到渠成的。

现代经济心理学的创始人威尔·布雷登教授。布雷登教授读后大为惊喜，他认为这是个新发现，这种现象虽然在东方甚至在世界各地普遍存在，但此前还没有一个人大胆地提出来并加以研究。

惊喜之余，他写信给他的剑桥校友——当时正坐在韩国政坛第一把交椅上的人——朴正熙。他在信中说，"我不敢说这部著作对你有多大的帮助，但我敢肯定它比你的任何一个政令都能产生震动。"

后来这本书鼓舞了许多人，因为他们从一个新的角度告诉人们，成功与"劳其筋骨，饿其体肤"、"三更灯火五更鸡"、"头悬梁，锥刺股"没有必然的联系。只要你对某一事业感兴趣，长久地坚持下去就会成功，因为上帝赋予你的时间和智慧够你圆满做完一件事情。后来，这位青年也获得了成功，他成了韩国泛亚汽车公司的总裁。

聪明过头，迟早要吃苦头！

　　王成是个聪明能干的年轻人，村里人都知道，从小到大，几乎没见过他吃别人的亏，尽是占便宜了。这不，才三十出头，他已是村里屈指可数的富裕户。又有一位漂亮机灵的妻子，而且给他生了个可爱的儿子。

　　一日他去外地集市上，看到一个老头儿在卖猴子。他就想买只猴子回去逗不满两岁的儿子玩，他又看到了鹦鹉，顺便也买了一只。

　　回到家，坐在摇篮里的儿子看到又蹦又跳的猴子和咿咿呀呀的鹦鹉，开心得手舞足蹈。王成也很高兴，不过他又想养这两只畜生应该有点额外效益才对，不能整天让它们白吃白喝就会逗逗小孩。

　　于是，他开始训练它们。鹦鹉比较乖，王成在农闲的时候就会教它说话，如果学不会，就不给它吃的、喝的。好在"鹦鹉学舌"是它的本性，几个月过去，这只鹦鹉能流利地说上好多句人们可以听懂的话了。

　　与此相比，猴子就不那么老实。一开始还对着王成龇牙咧嘴，吹胡子瞪眼。王成没有被它吓唬住，便以棍棒相加，很快猴子也屈服了。如果它能按要求做些动作，就会得到人们吃剩下的果子作为奖赏。

　　猴子的野性和倔脾气荡然无存了。王成一下口令它就会摆个姿势或做出一些动作，经常逗得人们哈哈大笑。而且它还承担起一部分家务活：扫地、烧火、看家护院……有时还跟着王成下地干农活。秋天，玉米熟了，王成在前面掰一个就扔进背后的大竹篓里，猴子在后面边看边模仿，几行下来，猴子背上的竹篓里也盛满了黄色的玉米棒子。村里人见了都直夸王成有能耐："聪明人就是不一样，连只畜生也被他调教成这样……"王成听了心里乐滋滋的。

出人意料的一件事终于发生了。那天中午，太阳照得暖洋洋的，妻子让王成烧了一锅温水，她在大澡盆里给儿子洗了澡又放回摇篮。下午夫妻俩就去芝麻地里干活了。可不一会儿，家里的鹦鹉就飞来了，它落在王成的肩头大叫道："主人下地锄芝麻，猴子在家洗娃娃……"

王成一听，扔下锄头就往家跑。刚进门，眼前的情景把他吓呆了：厨房门口还放着上午那个洗澡盆，猴子站在一旁，手里拿着个大水瓢正向躺在盆里的儿子身上浇着热气腾腾的水，可怜的儿子在澡盆里一动不动，有些皮肤溃烂掉了，已经露出血红的嫩肉。

厨房内锅里的水正上下翻滚着……

心灵感悟

相信看过《红楼梦》的人都对王熙凤有所了解。前阵子，我把《红楼梦》看完了，我才知道原来王熙凤是一个机关算尽、很有手段、又太过"聪明"的人，她的结局落得孤家寡人、身败名裂、身心劳碌到死，最终又一无所得的下场，而这一切的根源却全在于她太会耍小聪明，从不知道厚道待人，只知道害人利己，和李纨却是一个很好的比较。可不，应了这句"聪明反被聪明误"。

别把钥匙忘在 20 楼

有一对兄弟，他们的家住在 80 层楼上。有一天他们外出旅行回家，发现大楼停电了！虽然他们背着大包的行李，但没有什么别的选择，于

这个故事告诉我们，当我们一味向前猛冲的时候，别忘了回首看看来时路，以免冲得过快，连初衷都忘记了。就像画中的这对农民夫妇，在经过了一天的劳累之后，也要静立于夕阳下，默默地回顾一天的得失。

是哥哥对弟弟说："我们就爬楼梯上去！"于是，他们背着两大包行李开始爬楼梯。

爬到20楼的时候他们开始累了，哥哥说："包太重了，不如这样吧，我们把包包放在这里，等来电后坐电梯来拿。"于是，他们把行李放在了20楼，轻松多了，继续向上爬。

他们有说有笑地往上爬，但是好景不长，到了40楼，两人实在累了。想到还只爬了一半，两人开始互相埋怨，指责对方不注意大楼的停电公告，才会落得如此下场。

他们边吵边爬，就这样一路爬到了60楼。到了60楼，他们累得连吵架的力气也没有了。弟弟对哥哥说："我们不要吵了，爬完它吧。"

于是他们默默地继续爬楼，终于80楼到了！兴奋地来到家门口，兄弟俩才发现他们的钥匙留在了20楼的包包里了……

心灵感悟

在几经波折之后，却突然忘记了最重要的东西。记住，人生路途不比爬楼，根本没有机会再回到20楼，别留下什么遗憾。

不懂的时候问一句

有一个博士分到一家研究所，成为学历最高的一个人。

有一天他到单位后面的小池塘去钓鱼，正好正副所长在他的一左一右，也在钓鱼。

他只是微微点了点头，这两个本科生，有啥好聊的呢？

不一会儿，正所长放下钓竿，伸伸懒腰，蹭蹭蹭地从水面上如飞地走到对面上厕所。

博士眼睛睁得都快掉下来了。水上漂？不会吧？这可是一个池塘啊。

正所长上完厕所回来的时候，同样也是蹭蹭蹭地从水上漂回来了。

怎么回事？博士生又不好去问，自己是博士生哪！

过一阵，副所长也站起来，走几步，蹭蹭蹭地飘过水面上厕所。这下子博士更是差点昏倒：不会吧，到了一个江湖高手集中的地方？

博士生也内急了。这个池塘两边有围墙，要到对面厕所非得绕十分钟的路，而回单位上又太远，怎么办？

博士生也不愿意去问两位所长，憋了半天后，也起身往水里跨：我就不信本科生能过的水面，我博士生不能过。

只听"咚"的一声，博士生栽到了水里。

两位所长将他拉了出来，问他为什么要下水，他问："为什么你们可以走过去呢？"

两所长相视一笑："这池塘里有两排木桩子，由于这两天下雨涨水正好在水面下。我们都知道这木桩的位置，所以可以踩着桩子过去。你怎么不问一声呢？"

心灵感悟

凡是博学的人都是爱问的人，爱问的人才是真正博学的人。相反，那些在事实面前都死不认错，打肿脸充胖子的人是知识缺乏导致内心虚荣的缘故。

犯错的孔子

春秋时期，孔子是一位非常伟大的教育家和哲学家，知识渊博，为人理智，身边有很多追随自己的徒弟。其中，以颜回最为聪明灵巧，也最得孔子的青睐。

有一天，轮到颜回煮粥，颜回忽然发现有勺子掉进锅里去了。

于是，他连忙用汤匙把它捞起来，正想把它洗干净时，忽然想到夫子的教导，一粥一饭都来之不易啊！

于是，颜回便把勺子舔舐干净。

正在这时，刚巧孔子走进厨房，就以为颜回在偷偷吃粥，便教训了颜回一通。乖巧的颜回并没有立即反驳，而是等到孔子批评完了，才平静地把事实真相说了出来。听到颜回的解释，大家才恍然大悟。孔子非常感慨地说："看来，即使我亲眼看见的事情也不一定是真实的，何况是道听途说呢？"

心灵感悟

相信别人，也即是相信自己的眼光。孔子尚有误解别人的时候，何况众生。所以，事情的原委对于别人很重要，千万不要以讹传讹，这样是在间接伤害别人。

得意的萤火虫

　　这年的夏天，异常炎热。一天夜里，星星和月亮都没有按时出现在空中。森林里黑漆漆一片，小动物们都待在自己的地盘不敢到处乱跑。森林里的一只萤火虫看到自己终于有出头之日了，便得意洋洋地在草丛中飞来飞去，逢人就说："唉！你都不知道，今天可把我累坏了，我到处给你们送光明。要是没有我啊，你们不就完蛋了吗？我是你们生活中唯一的太阳啊！以后你们要感谢我啊。"

　　一旁的甲壳虫赶紧接话说："你说你送来了光明，可我们怎么一点儿也感觉不到你给的温暖呢？"

　　正在得意之中的萤火虫听到甲壳虫这样说，气冲冲地反驳道："你，你太不讲理了！简直是气死我了！我这样拼死拼活为你们发光，为你们送去温暖，累得都直不起腰，你却说这种伤天害理的话，也不怕遭报应？好心被你当成驴肝肺，我不干了，让你们都冻死，永远见不到光明！只有在那个时候你们才会知道这个世界少了我，你们就没法活下去。"

　　萤火虫在恼怒之中飞回家，躲在家里，发誓再也不出来了。

　　这个小萤火虫在家里藏了几天，没有人说话，也不能玩耍，憋不住又飞出去了。来到外面的世界，它看见大家依旧忙忙碌碌、热热闹闹，不禁对着旁边的小草说："算了，算了，我大人不计小人过，我就继续为你们发光发热吧，谁让我这样好心呢。虽然你们想抹杀我有目共睹的伟大功绩，但是我忍辱负重，毫不计较，以后还是大公无私地为你们发光发热，就让我这样默默地牺牲自己为你们换取光明吧。"

萤火虫只管飞来飞去，但是却没有一个人理它，和它玩耍。

心灵感悟

　　作为个人，我们会有自己的荣耀感和认同感，我们也会希望自己在各种场合中得到别人的认可、关怀、尊重和感谢。很多人只是热切地希望获得这个结果，却没有想过获得这个结果的前提是我们需要做的是什么。那些狂妄自大的人，总是以嚣张态度对待别人，那样只会是自取其辱，被别人排斥，得不到别人的认可。

学会看轻自己

　　陈超毕业于二等院校，毕业后一直没有找到喜欢的工作，辗转反侧终于进了一家外贸公司。他是在一次人才交流会上看到那家公司的，公司老板人很好，面试时对陈超说，公司目前虽然不大，但可以给他充分施展个人才华的空间和机会。

　　陈超在大学里学的是投资管理，来到这家公司也算是专业对口，而且和老板也情投意合。公司老板履行了他的承诺，陈超来到公司没多久就被任命为市场部的副经理，负责客户拓展。这是一项挑战性较强、难度也较大的任务。接到任命的陈超没有胆怯，他有胆量和勇气，再加上丰厚的专业知识打底，很快就打开了局面。一年之内，陈超开发的客户竟占了公司客户总量的一半以上。公司老板很高兴，也很庆幸自己没有看错人，多次在会议上公开表扬他，让他好好干，闲暇之时还拉上陈超去喝酒吃饭。公司有什么重要活动，老板也会把陈超带上，给人的感觉，他和陈超的关系有了"哥们儿"的意思。公司里有些人私下议论说，陈超肯定就是下一个市场部经理；更有人说，小小市场部经理算什么，看老板和陈超的关系，公司副总也是说不定的啊。

　　陈超听到同事们有意无意的议论，也是踌躇满志，志在必得。老板越是看好他，他越以为自己在公司的地位很重要，除了老板之外，没有人可以和他相提并论，即使是那个与老板有亲戚渊源的副总。

　　又过了几个月，市场部经理因为业绩不佳自动离职，陈超看到这，满心欢喜地准备上任。但是让人意想不到的是，老板并没有让陈超接替经理职位，而是请猎头公司从一家大型外贸公司挖了一个人过来担任市场部经理。陈超看到老板的做法很不理解，私下里很气愤。

陈超不好意思面对同事，也不好直接表示自己的疑问。思来想去，便提出说家里有事情休假，又说以前工作有点疲惫了，想趁这个机会放松放松。陈超只是想通过这种方式提醒老板，他对于公司来说是不可或缺、无法替代的。老板考虑了一会儿，点头同意了。

陈超拿着休假条，带着一丝报复心理走出了办公室。他想，离开了他，公司肯定就会乱套，到那时，老板和新来的经理肯定求着他请他回去。

让陈超失望的是，公司老板并没有给他打电话。一个月后，他休完假回到公司，公司一切如旧，运转正常，同事们和新经理也相处的很融洽。他有些落魄地去老板办公室销假，老板看到他回来，放下手中的文件，站起来，热情地拍拍他的肩膀，笑着说："假期玩得可好？"看到老板的笑容，陈超终于知道，老板的热情不过是他管理员工的一种技巧而已，而他其实并没有所想的那样不可或缺。想到这，他原本郁闷纠结的心情猛然轻松下来。

心灵感悟

陈超的故事告诉我们，盲目自信会把我们置于不利的地位。只有清醒认识自己，并且不断地从失败中吸取教训，加强自身修炼，这样才能不断进步。在适当的时候看轻自己，不是妄自菲薄，也不是自轻自贱，而是让我们卸下了那些影响进步的不必要负担和麻烦，因为只有这样我们才能轻装上阵，步履轻松。

从那以后，陈超更加努力认真地工作，也不再计较什么个人名利得失。他认为先前的经历对于他来说，是一件好事。这件事情，让他真正懂得了一句谚语的意思，这句谚语是这样说的："天使之所以可以在天空中自由飞翔是因为他们把自己看得很轻。"

昂头与低头

本杰明·富兰克林，美国杰出的政治家、科学家、思想家和散文家，被称为"美国宪法之父"。一部《富兰克林自传》影响了几代美国人，是历经两百余年经久不衰的励志奇书，它包含了人生奋斗与成功的真知灼见，以及诸种善与美的道德真谛。

在他的自传中，他讲到他的成功源于一次拜访。那时他年轻气盛，一天应邀去参加一位老前辈的聚会。富兰克林到达地点时才发现是在一座低矮的小茅屋，心高气傲的他挺起胸膛，大步流星，向前迈去。前脚刚跨进门槛，只听见"嘭"的一声，他的额头重重地撞在门框上，青肿了一大块，痛得他哭笑不得。

听到响声的老前辈看到他这副样子，微笑着对他说："这也许是你今天来拜访我最大的收获。一个人要想世事洞明，人情练达，就必

本杰明·富兰克林画像
戴维·马丁（1767 年）

图中为正在读书的富兰克林。富兰克林是美国著名政治家、科学家，同时亦是出版商、印刷商、记者、作家、慈善家；更是杰出的外交家及发明家。他是美国革命时重要的领导人之一，参与了多项重要文件的草拟，并曾出任美国驻法国大使，成功取得法国支持美国独立。

须时刻记住在必要的时候低头，放低姿态。"富兰克林牢牢地记住了老前辈的教导，从此把谦虚作为他人生的重要准则。

还有一个故事，有个贸易公司正在面试销售人员。进去的面试者，还没有说话，就被面试官当头劈来一个耳光，并且被问道："这是什么滋味？"几乎所有的人都捂着脸气冲冲地拿着自己的东西夺门而出。当然，这些人都是一去不复返的。后来，有个年轻人走了进去，面试官同样劈来一个耳光，并且问了同样的话。这个年轻人站直身子，回了神，迅速以同样的速度，同样的力量，在同样的位置，给面试官同样的一个耳光，说："就是这个滋味。"所以，这位年轻人被录取了，他们要的就这样的销售员为他们公司打开局面。

心灵感悟

富兰克林的一个低头让他获得人生最为重要的财富，年轻人坚定的昂起头而被公司重用，也许有人说这只不过是人生的悖论，不可信。其实，为人处世真正的法则是，在摆放我们自己处的位置时，我们要学习富兰克林低头的智慧；而在摆放我们自己心的位置时，我们必须拥有那个年轻人的骨气和坚定。也就是说，我们应该低头处世，昂首做人。

垃圾的去处

广场上，一个中年女人，穿着盖住脚的长裙，连连追赶着一张在风中飞跑的纸。路过的人看见她万分焦灼的样子，以为她丢了很重要的文件，就纷纷加入了追逐的队伍。但是，飞在半空的那张纸仿佛要存心逗弄大家，飞起又落下，落下又飞起，像附了魂一样。越是这样，人们追上它的决心也就越大。大家都认为那是一张非常重要的纸，如果不帮忙捉住它，那中年女人肯定会很失望伤心的。

在大家的齐心协力下，终于抓住那张纸了。那个及时抓住那张纸的人，开心地将战利品拿到中年女人身边。中年女人优雅地向他道谢，然后，拈着那张纸，在大家的眼皮底下走到垃圾筒前，将它塞了进去。回过身，她微笑着对大家说："谢谢大家，现在这一片垃圾终于到了它应该去的地方。"

还有一个相同的故事，一个中国政府官员在美国办了一件特丢面子的事。这个政府官员乘坐他们参观团的汽车在野外飞驰，半路上，他吃了一根香蕉，吃完随手就将香蕉皮扔出了窗外，他当时想着扔个垃圾是件小事情，应该不会有人看见的。但是，他忽略了一个问题，那就是，司机不是中国人，而是美国人，他从后车镜看到了这个政府官员扔垃圾的过程。

司机没有预先通知，就来了一个紧急刹车。在大家的抱怨声中，司机一声不响地跳下车去，快速往回跑，拣回了那个香蕉皮，然后又一声不响地上车，重新开动车子继续前进。一车中国人面面相觑，随同翻译人员耸耸肩说："别在意，他拣这玩意儿跟你扔这玩意儿一样自然！"那位政府官员羞愧地说："唉，我算是将自己国家的脸面丢到家了！"

心灵感悟

　　我们每个公民不仅表明个体是某国人，更重要的是他在这个国家里所具有的权利与义务。对于每一位公民而言，公共场合的秩序是必须遵守的。简而言之，公民必须具备公德心。所以，我们不可贪图一时的方便而随意将垃圾丢弃，在我们潇洒地把垃圾随手一甩的同时，公德心也随之被丢掉。我们为什么要像随手扔掉的一个垃圾那样，轻易地抛弃我们最宝贵的美德呢？

法国人的检错习惯

　　一天晚上，留学法国的学生秦某和同学讨论问题之后，匆匆忙忙赶到地铁站时，见车刚好进站。秦某见状急忙在打票机上打了票，并且清楚地听到了"咔嚓"一声。等车到了终点站时，查票员例行检查车票，秦某取出票给查票员，一看就愣住了，刚才那台打票机并没有在他的车票上留下任何印记。查票员不听他的任何辩解便对他以逃票处置，并且罚款。他大喊冤枉，因为他确实打了票，一定是票机出了故障，但是查票员对他说："打票机坏了是车站的责任，你该问问自己有没有责任。因为站台上还有其他的打票机，就算你打卡的那台机器是坏的，其他的都应该是好的。当时你完全可以避免这个错误，但是现在你必须为这个小小的失误付出罚款的代价。"

　　秦某被罚款心里闷闷不乐，但他不知道法国人的这一自我检错习惯是从小培养起来的。有一次，秦某去一位法国朋友家做客。朋友10岁的女儿见家里来了客人很兴奋，吃饭的时候，不时用一小块面包逗小狗玩，小狗几次都吃不到小女孩手中的食物，就在秦某身边跳起来，这一跳却撞翻了他手中的盘子，盘子碎成几块。小女孩无辜地看着父母说："爸爸妈妈，你们看见了，是小狗打碎了盘子，不是我的错。"这时，小女孩的父亲叫她离开餐桌到她自己的房间里去，想想自己究竟有没有错。十几分钟后，小女孩低着头来到餐桌前说："爸爸妈妈，是我的失误，我不应该在吃饭时逗狗，这是你们多次对我说过的。"小女孩的父亲笑了："那么今天你就该为自己的错误承担责任，收拾餐桌，并拿出零用钱赔这个盘子。"小女孩开心地笑了，接着又开始询问秦某的故乡，缠着他讲故事。

100%的认真

美军参加第二次世界大战之后，美国空军是最主要的作战力量之一。面对空军作战的高死亡率，美国空军和降落伞制造商之间曾就质量问题发生过争执。当时，降落伞的安全性能不够，在多方研究和努力下，降落伞合格率已经提升到了99.9%。

军方代表看到还有的差距，就强烈要求产品的合格率必须达到100%。厂商负责人们看到这个要求都不以为然。他们认为，任何产品都不可能做到百分百的完美，他们能够达到这个程度已经接近完美，对此他们不打算再改进产品的质量。

军方代表想的是：0.1%的不合格率，就意味着他们的士兵会有人

认真对待自己的产品和工作，实际就是认真对待自己的人生啊。如果没有这种认真的精神，美国空军也不会取得如今世界第一的成绩。图中为正在进行演习的美国空军。

因为产品质量问题而在跳伞时送命，如果没有死在战场上，反而死在产品质量上，作为一个军人这是无法忍受的奇耻大辱。军方代表看到厂商负责人不愿意继续提高质量，于是他们就改变了检查降落伞质量的办法，军方代表从厂商提前一周交货的降落伞中随机挑出一个，让厂商的负责人装备上身后，亲自从飞机上跳下去，结果这些负责人都战战兢兢地不敢跳下去。

接下来，结果不言而喻，降落伞质量的不合格率立刻变成了零。

心灵感悟

对于这个世界来说，0.1%的失误造成的损失是巨大的，是触目惊心的。在工作中，在生活中，在人生旅途中，如果我们都能以100%的态度对待一切，追求一切，那么我们的生活就会出现奇迹。

也许，我们不喜欢枯燥的学习，所以在学习的时候总是不够投入。然而，具有认真负责的学习态度，是一个人学习和事业成功的关键。一件事只有全身心地投入，认真去做，才能把它做完美，才能打破"不可能百分百合格"的顽固想法。

表现出色的落选者

　　刘瑞是上海大学的应届毕业生，自认为学识满腹的他自信满满，毫不顾忌。一天，刘瑞急于参加一场招聘会，匆忙之中不慎碰翻了水杯，将放在桌子上的简历浸湿了。为尽快赶到会场，刘瑞只是将简历简单地擦了一下，便和其他东西一起，匆匆塞进背包。

　　来到招聘现场，刘瑞看中了一家上海房地产公司的广告策划主管岗位。按照这家企业的要求，招聘人员将先与应聘者简单交谈，再收简历，被收简历的人将得到面试的机会。

　　轮到刘瑞时，招聘人员问了刘瑞几个问题后，很满意，便向他要简历。刘瑞非常高兴地掏出简历时，这才发现，简历上不光有一大片水渍，而且放在书包里一揉，再加上钥匙等东西的划痕，已经不成样子了。刘瑞努力将他的简历弄平整，递了过去。看着这份伤痕累累的简历，招聘人员的眉头不禁皱了起来，但看到他的学历和能力，还是勉强收下了。刘瑞那份破烂不堪的简历夹在一沓整洁的简历里，显得十分刺眼。

　　一个星期后，刘瑞接到通知去地产公司参加面试。这次面试中刘瑞发挥得非常好，无论是现场进行电脑操作，还是为虚拟的产品做口头推介，他都是最为出色的一个。刘瑞利用在校读书时从学校戏剧社学来的知识，还即兴表演了一段小品，赢得面试负责人的掌声和称赞。当他结束面试走出办公室时，一位面试官对他说："回去等通知吧，小伙子，你是今天面试者中最出色的一个。"

让人想不到的是，半个月过去了，刘瑞依然没有得到这家地产公司的通知。等待已久的刘瑞忍不住打电话询问情况，对方沉默了一会儿，告诉刘瑞说："其实招聘负责人对你是很满意的，但你败在了简历上。经理在查看你的简历时说，一个连简历都保管不好的人，是管理不好一个部门的。所以我们没有录取你，你应该知道，简历实际上代表的是你的个人形象，你的简历又脏又乱，这样有失严谨。"刘瑞听完恍然大悟，在以后的生活中更是小心谨慎。

心灵感悟

"千里之堤，溃于蚁穴。"一个人综合素质再好，只要在一个细节上出现了差错，就很有可能被理解为能力不合格而遭到淘汰。因为细节上马虎同时证明了人的性格也是马虎的，别人又怎么放心信任和重用你呢。俄国作家托尔斯泰曾说："成功者的共同特点，就是能做小事情，能够抓住生活中的一些细节。"在学习中重视细节，可以帮助我们取得优异的成绩；在工作中重视细节，可以帮助我们创造事业的辉煌；在修养中重视细节，可助你成就优秀的品格。

勇于承认错误

迪克和罗布森是法国一家大型物流公司的两名职员，他们俩是工作搭档，工作一直很认真，也很卖力。经理布罗德对他们的工作很满意，决定再过一段时间就分别提拔他们为分公司的领导人。但是有一件事却改变了两个人的命运。

这天，迪克和罗布森负责把一件很贵重的古董送到码头，经理布罗德临走时反复叮嘱他们路上要小心。没想到送货车开到半路却坏了。如果不按规定时间送到，他们要被扣掉一部分奖金。

车是一时半会儿修理不好了，无奈之中，他们放弃了车，徒步赶往码头。迪克凭着自己的力气大，背起邮件，一路小跑，终于在规定的时间内赶到了码头。这时，罗布森说："我来背吧，你去叫货主。"

其实，罗布森是这样想的：如果客户看到我背着邮件，把这件事告诉了经理，说不定经理知道后会给我加薪呢。罗布森只顾胡思乱想，当迪克把邮件递给他的时候，他一不留神没有接住，邮包掉在了地上，"哗啦"一声，古董碎了。

罗布森看到破碎的古董开始埋怨迪克的失误，迪克没有过多的辩解。他们都知道古董打碎了意味着什么，没了工作不说，可能还要背负沉重的债务。果然，经理布罗德对他俩进行了十分严厉的批评。

罗布森趁着迪克不注意，偷偷来到经理布罗德的办公室对他说："经理，不是我的错，是迪克不小心摔碎的。"经理听后平静地说："谢谢你，罗布森，我知道了，你先回去吧。"

经理布罗德把迪克叫到了办公室询问是不是他的责任。迪克把事情的原委详细地说了。最后说："这件事是我们的失职，我愿意承担责任。另外，罗布森的家境不太好，他的责任我愿意承担。我一定会弥补我们所造成的损失。"

迪克和罗布森一直等待着处理的结果。第二天，经理把他们叫到了办公室，对他们说："公司一直对你俩很器重，想从你们两个当中选择一个人担任分公司的客户部经理，没想到出了这样一件事，不过也好，这会让我们更清楚哪一个人是合适的人选。我们决定请迪克担任公司的客户部经理。因为，一个能勇于承担责任的人是值得信任的。罗布森，从明天开始你就不用来上班了。"

罗布森询问原因，经理给的答复是："那天，古董的主人已经看见了你们俩在递接古董时的动作，他跟我说了他看见的事实。同时，我看见了问题出现后你们两个人的反应。"

布罗德清楚，一个能够勇于承担责任的员工，对于企业有着重要的意义，一旦出现问题，他们会敢于担当，并设法改善。问题出现后，如果推卸责任并置之度外，这样的人缺乏责任感。如果在工作中缺乏责任感，只会伤害公司和客户的利益，同时，也会伤害到自己。任何一个老板都不会让那些习惯于推卸责任的员工来做他的得力助手。在老板眼里，习惯于推卸责任的员工，便是一个不可靠的人。

心灵感悟

人不怕犯错误，就怕犯了错误以后不认错、不改错。只要你坦率地承认，并想办法补救，在今后的工作中加以改进，便会得到人们的认可和信任。当出现过失时，如果首先想到的是如何逃避责任，那么，在你开脱责任的同时，你也脱离了别人的视线。其实，承认错误不是懦弱的表现，而是需要极大的勇气和魄力，以及强烈的责任心和足够的自信心。

改变一生的一件小事

　　乔纳斯小时候住在英国伦敦的郊区，无忧无虑，然而，一件小事却影响了他的一生。

　　那是一个寒冷的冬日夜晚，乔纳斯的家人都在炉火旁边闲谈，乔纳斯坐在靠近门边的书桌前写字。门铃响了，乔纳斯的父亲前去开门，是邻居家的大伯。大伯只是来询问明天的天气情况，没有进门。父亲和大伯在就站在大门外交谈。

　　那天的风雪很大，冷空气从门缝里吹进来，风把乔纳斯的写字本吹得"啪啪"作响，乔纳斯以为父亲要很长时间才进来，于是就跑去关门。他猛地把门一推，然而，大门由于碰到障碍物立刻反弹了回来，与此同时，乔纳斯听到父亲尽力压抑疼痛却依然压不下去的叫喊声。

　　乔纳斯拉开门一看，父亲的眼嘴鼻全都因为疼痛扭成了一团，让人看到顿觉恐怖。而他右手的五根手指，则怪异地缠来拧去。

　　知错就改，无论是谁都是如此，即使是长辈对晚辈也是如此，这是一种高贵的品质。相反，那些倚老卖老的思想才是令人不屑的。

一看到乔纳斯伸出门外一探究竟的脸，父亲即刻暴怒地扬起了左手，想给乔纳斯一巴掌。但是，他的手掌还没有盖到乔纳斯脸上来，便颓然地放下了，而此刻乔纳斯的脸颊，感受到了一阵掌风，虽然没有挨巴掌，但脸上也是火辣辣的。

大伯扶着父亲以责怪的口吻对乔纳斯说，"你太不小心了，你父亲的手刚才扶在门框上，你看也不看就把门关上了……"乔纳斯一声不吭地回到桌子旁边，等待着父亲的惩罚。

乔纳斯当然知道父亲此刻剧烈的痛楚，因为他的手指也被门板夹住过。但是，当时的乔纳斯，毕竟只是一名十来岁的小孩，他最担心的、最害怕的，是父亲到底会不会再扬起巴掌来打他。

乔纳斯担心了一个晚上，父亲都没有惩罚他。当天晚上，父亲五根手指肿得很厉害，母亲在厨房里为他涂抹药油。乔纳斯跑过去看着父亲，无意中听到父亲对母亲说："我当时实在痛得厉害，真想狠狠地打他一个耳光，但是，转念一想，我是自己将手放在门板上的，错误在我，我不能打他。"

乔纳斯听到父亲这样说，顿时明白了一个毕生受用的启示：犯了错误必须自己承担后果，不能随意迁怒于他人，也不可随意推卸责任，无论你是谁，都要勇于承担责任。

心灵感悟

古语有云：人非圣贤，谁无过错。人的一生中，谁都可能会犯错。犯了错误不可怕，可怕的是不肯承担错误。当我们在为自己的错误寻找借口时，就已经失去了改正错误的机会，也就失去了重新起飞的平台。只有勇于承担责任，才能迅速医治好折断的双翼，使自己飞得更高，飞得更远。

赶走驴子的马

有这样一篇故事，说一个主人有一匹千里马和一头毛驴，它们俩都给主人干活：驴拉磨，马驮着主人周游四方。但是，驴却常常遭到马的羞辱。

在吃饭的时候，马第九十九次辱骂驴说："你这没出息的家伙，一天到晚，围着一个石磨转去转来。眼睛还被蒙着，瞎走瞎忙。这样活着有什么意思啊？不如早点死了熬驴胶吧！也算是做贡献了。"

驴再也忍受不了马的侮辱，大哭着跑了。第二天，主人发觉驴不见了，便把马套到磨上去。

马说："我志在千里，怎么能为您拉磨呢？这是对我的侮辱。"

"可我要吃面啊！没有驴，总不能囫囵的吃麦粒呀！"说着，主

心灵感悟

被人重视的感觉是人们在工作中最重要的动力因素。虽然一个企业的分工有轻重之别，但是从整体上来说，每一个岗位都是必需的。要明白，没有大家的共同配合，再完美的计划都是水中花井中月，因此互相尊敬、彼此信任是建设高效团队的基础。

人用黑色的布蒙住了马的眼睛，并在它的屁股上重重地给了一掌。

马无可奈何地跟驴一样围着磨转起圈来。

才拉了一天磨，马就感到头昏脑胀，浑身酸痛得受不住了。它在地上打了一个滚儿，长长地出了一口气说："唉！没想到驴干这活儿也不容易呀！今后再评论别人一定要先换到它的位置上试试再说。"

马干马的活，驴干驴的活，分工明确，各出各的一份力气，这样大家都不累。偏偏马好事，把驴气跑了，吃了苦头才知道一直不如自己的驴的作用原来也是不可或缺的。

第三章　懂得付出，懂
得分享

抽水机和瓶子

有一个人在沙漠里已经走了两天，途中遇到很大的暴风，一阵可怕的狂沙吹过之后，他已经认不清正确的方向。

正当快撑不住时，他发现了一幢废弃的小屋。他坚信小木屋是坚实牢固的，因为据他推测，能在这样的环境里依然保存下来的屋子，肯定有很完美的地基。

他拖着疲惫的身子走进了屋内。建造者为了防止风沙进入房子，设计了这样一间不通风的小屋子。小屋里面堆了一些枯朽的木材。他几近绝望地走到屋角，却意外地发现了一座抽水机。他兴奋地上前汲水，但是任凭他怎么抽水，也抽不出半滴水来。

他颓然坐地，却看见抽水机旁，有一个用软木塞堵住瓶口的小瓶子，瓶上贴了一张泛黄的纸条，纸条上写着：

心灵感悟

在生活中，懂得舍得的人通常才会获得优厚的回报。不能只是一味的攫取，甚至杀鸡取卵，这样得到一次的好处，就断掉了以后利益的来源。所以在生活中，即使是在非常紧急的情况下，付出努力，做最后一把拼搏，生命的希望往往就在下一秒。

"你必须用水灌入抽水机才能引水！千万不要忘了，在你离开前，请再将水装满！"

他拔开瓶塞，发现瓶子里，果然装满了水！

他的内心此时开始交战：如果自私点，只要将瓶子里的水喝掉，他就不会渴死，就能活着走出这间屋子；如果照纸条做，把瓶子里仅有的水倒入抽水机内，如果万一水一去不回，他就会渴死在这地方了。到底要不要冒险？

最后，他决定把瓶子里的这些水全部灌入看起来破旧不堪的抽水机里。不久，水大量地涌了出来！他兴奋地以颤抖的手汲水，将水喝足后，他又把瓶子装满水，用软木塞封好，然后在原来那张纸条后面，再加上他自己的话：真幸运，你这么做了。在获取之前，要先学会付出！

帮助人是美好的

有一劫犯在抢劫银行时被警察包围在大厅里，已经无路可退，情急之下，劫犯从人群中拉过一个当人质。他用枪顶着人质的头部，恶狠狠地威胁警察："不要走近，不然我会杀了他！"

警察四散包围，狙击手待命，劫犯挟持着人质更加疯狂了。突然，人质大声呻吟起来，劫犯忙喝令人质闭嘴，但人质的呻吟声越来越大，最后竟然成了痛苦的呼救："救救我的孩子。"

劫犯这才注意到人质原来是一个即将临盆的孕妇，她痛苦的声音和表情表明她在极度惊吓之时马上要生产。鲜血已经染红了孕妇的衣服，情况十分危急。

终于，劫犯缓缓拿开了枪，将枪扔在了地上，随即举起了双手。警察一拥而上，围住了抢劫犯。

心灵感悟

罪恶被一个不知言语的幼小的生命征服，这不是因为他强大和伟大，而是仅仅在于他是一个需要生存权利的生命而已。生命的征服就是如此简单，可能是一句话，也可能是一个微笑或者一声啼哭。

孕妇情况紧急，众人要送她去医院。已戴上手铐的劫犯忽然说："请等一等，我是医生！她必须现在生产，否则小孩会有生命危险。"

警察同意打开了劫犯的手铐。

一声洪亮的啼哭声感动了所有人。人们高呼万岁，相互拥抱。劫犯双手沾满鲜血，是一个崭新的生命的鲜血，而不是罪恶的鲜血。他的脸上挂着一名医生的满足和微笑。人们向他致意，已经完全忘了他是一个劫犯。

警察将手铐戴在他手上，他说："谢谢你们让我尽了一个医生的职责。这个小生命是我从医以来第一个从我枪口下出生的婴儿，他的勇敢征服了我。"

收留

　　硝烟渐渐消失，染红的落日期待着明天的金色光明。战争结束后，一个从战场上回来的美国士兵没有直接回家，而是先从外地给家里打了一个电话。

　　他跟父母提出一个要求，恳求答应："我的一个出生入死的战友在战场上受伤了，只剩下一条胳膊和一条腿。我希望你们同意我带他回家，并且照顾他一生。"

　　他父母为难地说："孩子，我们爱你。但是，我们不能同意你把那位战友带回家。咱们的家庭并不富足，照顾一个生活不能自理的人并

心灵感悟

　　当我们狠心拒绝一个人的建议时，我们应该想想，提出建议的也许正是需要帮助的人。由于自尊和高傲，试探性的话语会看清别人的内心，也会害了自己。

　　故事里的父母是爱着自己儿子的，不论这个孩子缺少了一条腿还是一条胳膊，但是他们对于孩子的朋友就没有这么大的包容心了，他们的拒绝让自己的儿子走上了绝路。这样的爱，是非常狭隘的亲情，它可以保护儿子的身体，却无法平复他内心的孤独。

不是一件容易的事情。他会打乱我们原来的生活秩序，以后还会遇到的很多困难是难以想象的。但，孩子，我们商量过了，我们可以给他另找一个地方住下。"

　　"不，我希望他和我们住在一起！"儿子坚持自己的看法说，"他也需要家庭的温暖和爱啊。"

　　父亲说："孩子，这样的残疾人会给我们的生活带来沉重的负担，你忘掉这个人吧。赶紧回家来吧！"但是儿子却挂上了电话。

　　第二天，家人在门口等待儿子回来。他的父母接到警察局的电话，是去让他们认领儿子的尸体。他们的儿子在打完电话之后的当天早晨跳楼自杀身亡。

　　父母见到儿子的尸体少了一条胳膊和一条腿。极度痛苦的父母，后悔自己不应该说那些不近人情的话。

自私的代价

从前，山谷里居住着一只小白兔和一只小灰兔，它俩是邻居，家是距离不过一米的两个隐蔽的洞穴，门口各有一丛茂盛的野草。

一年夏天，接连几日下起了暴雨，给兔子外出觅食带来极大不便。

傍晚，小白兔饿了，想去吃门口的野草，可它想到妈妈说过自己门口的野草不能吃，如果吃了，猎人就会找上门来的！于是它就跳到小灰兔家门口，把小灰兔家门口的野草吃了个精光。饱食一顿的小白兔回

如果文中的两只兔子能够像图中的两个青年一样互相帮助，它们其实会生活得非常幸福。只可惜他们只想着自己，其实最后的结果是害人又害己。

到家并伸了个懒腰，然后进入了甜蜜的梦乡。

第二天早上，小灰兔也饿得筋疲力尽了。它好不容易爬出家门，却看见家门口茂盛的野草荡然无存，可小白兔家门前的野草一棵未少。它马上明白过来说："一定是小白兔把野草吃了。"于是小灰兔也把小白兔家门口的野草吃了。

上午，一位猎人经过这儿，一眼就发现了兔子的洞穴。两只兔子怎能逃过猎人的捕捉？没过多久，它俩就成了猎人的囊中之物。

心灵感悟

　　自私是相互伤害的利器。无论是做人还是做事，自私的人始终得不到赞赏和赞同。自私是通向自毁的黑洞，自私正是对德行的背离，况且自私的人并不仅仅只着眼于钱财。自私让友人变成仇人。历史证明，自私的人是没有好下场的，从某种程度上说，自私就是自毁，自私的人到最后自食苦果。心理学家认为，自私是人的天性，就像贪吃是人的天性一样。

福往者福来

人生琐事是一个人最头疼不过的了，但我认为只要有钱有名有利，一切事情都迎刃而解。所以，在公司我会比别人更加努力，在家里也不敢放松。有时朋友问我："你这样拼命地工作是为什么？你的钱财足够你用了啊。"

"我也不知道，我只知道我必须忙碌起来，不然我觉得自己像死掉一样。"

朋友又劝说道："我们去旅行吧，这样可以放松一下心情，你这样下去，早晚会出现病态，也就是心理上的亚健康状态。"

"我坚信，我付出努力，就一定会心满意足。你看，我的孩子丰衣足食，上周我刚买了一辆新的山地车给他，他说他的同学羡慕极了。我的妻子可以每天都换一身新衣服，她一定也幸福极了。"

朋友说："种什么花，得什么果。你应该多陪陪他们啊。"

我没有听取建议，很长一段时间，我把全部精力放在了工作上。

儿子渐渐不愿意搭理我，妻子也没心情换衣裳。苦闷了一段时间，我也试图和孩子、妻子沟通，我说："你们怎么还不高兴呢，看我给了你们富足的日子，我应该是一个合格的好爸爸和合格的好丈夫了吧？"

孩子说："您能陪我去趟公园吗，那里有很多孩子在放风筝。每次都只有妈妈陪我。"

妻子说："你能送我回趟娘家么，我不希望自己回去。"一时，我也恼火了。我辛辛苦苦赚钱就是为了让孩子和妻子开心，为何他们永不满足呢？难道我做得不够好么？

我始终想不明白他们到底需要什么。我不明白我的付出为何没有结果。如果埋下种子无花无果，我又为何如此拼搏。

我开始反思我朋友说的话。

这日，我背着行囊告别了孩子和妻子，独自一人出去散心。

我想，只有远离，才会懂得。

我选择一座有名的寺院，到那里去斋戒、躲清静。

我长途跋涉来到人们敬仰的名山。这座山叫悟山，是一位大师顿悟的地方。

山上有一座小小的寺庙，名曰金蟾寺。那是一个幽静的去处，正在枝繁叶茂掩映处。

我住到了寺庙里，读书散步、洁净内心。清晨午后，在寺庙中到处走走，借此平缓内心的郁闷。

寺院里，香客不断，檀香馥郁。香客们内心坦然、安详。信步流连中，我看见一位在枯树下潜心打坐的佛门老者，那参禅状态吸引住了我的脚步。

我悄然坐在了老者身边，希望向老者求得开悟。我向老者谈了我

心灵感悟

爱出者爱返，福往者福来！芸芸众生，失意和烦扰不都是苛求得到时萌生的吗？你去做那个施人以爱、赐人以福的人，你自然就会得到好的回报。最终爱心和福祉又回到你的身边，何乐而不为？

心中的苦痛和烦闷,然后说:"为什么现代人之间居心叵测,纷争不止?"

老者拈须而笑:"我送你一句佛语吧。"

老者一字一顿说的是:"爱出者爱返,福往者福来!"

一语惊心!醍醐灌顶。

给予就是得到

一位行善的基督徒，临终后想见天堂与地狱究竟有何差异。于是天使就先带他到地狱去参观。

到了地狱，在他们面前出现一张很大的餐桌，桌上摆满了丰盛的佳肴。

"地狱的生活看起来还不错嘛。"

"不用急，你再继续看下去。"

过了一会，用餐的时间到了，只见一群骨瘦如柴的饿鬼鱼贯入座。

每个人手上拿着一双长十几尺的筷子。可是由于筷子实在是太长了，最后每个人都夹得到，吃不到。

"你现在还觉得不错吗？我再带你到天堂看看。"

到了天堂，同样的情景，同样的满桌佳肴。每个人同样用一双长十几尺的长筷子。

不同的是，围着餐桌吃饭的可爱的人们，他们也用同样的筷子夹菜，不同的是，他们喂对面的人吃菜，而对方也喂他吃。因此每个人都吃得很愉快。

心灵感悟

生活中，我们很害怕我们付出的得不到更多的回报，其实付出后得到相同的回报就已经是件值得高兴的事情了。尤其是对待陌生人时，我们更要拿出真心来，这样才能换回真心。

理想和现实的选择

从前，有两个饥饿的人在走投无路的时候得到了神的恩赐———一根鱼竿和一篓鲜活硕大的鱼。其中，一个人要了一篓鱼，另一个人要了一根鱼竿，然后他们分道扬镳了。得到鱼的人原地就用干柴搭起篝火煮起了鱼，他狼吞虎咽，还没有品出鲜鱼的肉香，转瞬间就连鱼带汤吃了个精光。不久，将所有鱼都吃完的他便饿死在空空的鱼篓旁。另一个人则提着鱼竿继续忍饥挨饿，一步步艰难地向海边走去，可当他已经看到不远处那片蔚蓝色的海洋时，他浑身的最后一点力气也使完了。他也只能眼巴巴地带着无尽的遗憾撒手人间。

又有两个饥饿的人，他们同样得到了神恩赐的一根鱼竿和一篓鱼。只是他们并没有各奔东西，而是商定共同去找寻大海。他俩每次只煮一条鱼，他们经过遥远的跋涉，来到了海边，从此，两人开始了捕鱼为生的日子。几年后，他们盖起了房子，有了各自的家庭、子女，有了自己建造的渔船，过上了幸福安康的生活。

心灵感悟

一个人只顾眼前的利益，得到的终将是短暂的欢愉；一个人目标高远，但也要面对现实的生活。只有把理想和现实有机结合起来，才有可能成为一个成功之人。有时候，一个简单的道理，却足以给人意味深长的生命启示。

别带着空枪上路

这天，在丛林边的小村子里，猎人带着他的袋子、弹药、猎枪和猎狗出发了。在出村之前，邻居们都劝他在出门之前把弹药装在枪筒里，以免发生什么危险。但他还是带着空枪走了，边走边说："废话，以前我没有出去过吗？走到我要去的地方，得一个钟头，就算是装100回子弹，也有的是时间。"

然而，他还没走进森林，就发现一头他前所未见的大野猪。

经过岁月的历练，猎人的枪法是很精准的。他急忙拿出子弹匣，拿出子弹。不过由于装弹的声音很大，吓跑了野猪。

但他还是一副无所谓的样子，嘟囔着："天还早着呢，有足够的时间去打别的猎物。"

不料，他走进森林后再没遇到什么猎物。中午时候，乌云已经铺天盖地。傍晚时，猎人浑身淋湿，袋子空空，拖着疲惫的脚步回家了。

心灵感悟

机会只留给有准备的人。"临阵磨枪，不利也光"简直是一种病态的自我安慰心理。没有准备的人，就像故事里这个只带着猎枪，却没有装子弹的猎人一样，一无所获。即使有再大的机会出现在你的面前，也是徒劳而返。

少一根铁钉，丢一个国家

　　两国的形势已经形同水火，这一场战争将决定一个民族的存亡。在今夜，双方都做好充足的准备。

　　国王临时决定，让上次战斗中退役的神驹继续服役，帮他赢得最后一战的胜利。

　　"快点给它钉掌，"马夫牵着神驹来到兵器部，吆喝着对铁匠说，"国王希望骑着它打头阵，别耽误了军情，否则格杀勿论。"

　　"你要等几个小时了"铁匠回答，"我前几天给国王全军的马都钉了掌，现在我得找点儿铁块来。"

圣罗马诺之战　保罗·乌切洛（1450 年）

　　鲜血白白流淌，国破家亡，完全只是由于仓促之间的一只马掌导致的，纯粹的悲剧，足以引起人们的沉思：细节决定成败。

"我等不及了。大军破晓后就出发了。"马夫不耐烦地叫道。

铁匠埋头干活，把一块铁融化后，打出四个马掌，固定在马蹄上，然后开始钉钉子。钉了三个掌后，他发现没有钉第四个掌的钉子了，而且这时天已经破晓。

铁匠乞求道："您能再给我半个小时吗？钉子用完了，我要再打一根结实的钉子。"

"时间已经到了，大军整队待发，"马夫怒道，"国王何等英勇，怎么会因为一根钉子而战败呢！"

在马夫的催促下，铁匠只好将马掌卡在蹄子下。

两军交锋了，国王就在军队的阵中冲锋陷阵，神驹更是以矫健的身姿在敌军中来去自由。国王坐在神驹上观察整个战场形势，指挥士兵迎战敌人。

这时，他看见在战场另一头自己的几个士兵退却了。国王英勇善战，经验丰富。他想，如果别人看见他们这样，也会后退的，这样一来，兵败如山倒，他必须赶过去，阻止这样怯懦的行为。就在国王调转马头时，那只挂着的马掌掉了，战马跌翻在地，国王也被倒掀在地上。战马惊慌，起身就奔向远处。

他的士兵见国王落马，纷纷转身撤退，敌国的军队包围了上来。

他在敌军中挥舞宝剑，"马！"他怒喊道，"一匹马，我的国家灭亡就因为这一匹马呀。"

心灵感悟

少一个铁钉，丢一只马掌。少一只马掌，丢一匹战马。少一匹战马，败一场战役。这些细小而关键的一些因素，有的时候看起来是毫不起眼的，可是却往往决定着事业的成功与失败。

谁才是需要帮助的人

有一位单身女子刚搬了新家，隔壁住了一户穷人家，一个寡妇与两个小孩子。女子见这家人衣着破烂，就想：这家人如果没有别人的帮助，小孩子恐怕早就饿死了。

女子搬进来不久的一个晚上，那一带地区忽然停了电，这位女子害怕极了，蜷缩在床上，也不去点蜡烛。没一会儿，忽然听到有人敲门，原来是隔壁邻居的小孩子，只见他紧张地问："阿姨，请问你家有蜡烛吗？"

女子心想："他们家竟穷到连蜡烛都没有吗？一定不能借给他们，免得被他们依赖了！"于是，对孩子吼了一声说："没有！"

正当她准备关上门时，那穷小孩展开关爱的笑容说："我就知道你家一定没有！"说完，竟从怀里拿出两根蜡烛，说："妈妈说都停电了，也不见阿姨家的窗户有亮光透出来，我们怕你一个人住又没有蜡烛，一定会害怕，所以我带了两根送你。"

女子立刻脸红了，自责、感动得热泪盈眶，将那小孩子紧紧地拥在怀里。

心灵感悟

谁才是需要帮助的人呢？扪心自问一下自己。有些人成天认为自己就是社会中的强者，整天以高傲的神情面对世人，总以为别人是弱者。殊不知，自己的灵魂才是最需要帮助的。

给陌生人一个依偎的肩膀

在一段时间内，张磊都收到来自山西某镇煤矿的信件。写信的人既不是他的亲人，也不是他的朋友，他的信件从来不留姓名。张磊不明白这个毫不相识的人为什么会给自己写信。在他的信中，谈及很多关于煤矿的生活，还有他苦闷不堪的经历。

这个陌生人在一封信中写道：

"这是一个不正规的煤矿，下井的条件很不好，处处充满着危险。巷道深处的寂寞和黑暗让我的心情苦闷到极点。还有那些鬼怪模样的冰冷的石头和脏兮兮的煤炭。

今年夏天的时候，由于井底空气不能正常流通，导致挖煤过程中沼气泄露，死了人。那人好不幸，而我好幸运。在写这句话时，我苦笑了。我竟然把别人的不幸当成自己的幸运。

从初中毕业后，我就一直在这个地下魔窟做工，老板是个黑心的吸血鬼。但我一直保持着看书的习惯，仅有的几本书几乎都翻烂了。

矿工们常常聚在一起胡侃一些荤段子，我不想听，就独自一个人坐在工棚后边的山梁上，望着对面的大山长时间发愣。"

大多数信的内容都是这样的，而这个陌生人的来信终于让张磊按捺不住。

他只能凭着信件上的邮发地址找到他大致所在的区域。幸好，那个地方只有一个煤矿。但当张磊找到那个煤矿时，让工头发布消息，告诉每个人："我需要找到这个年轻人，我不会怪罪他的行为，我只希望能见到他。"但事与愿违，他最后只是带着遗憾回来。

在一个月后，这个陌生人又来信了。

在信中说：

"你来过了，我看见你穿着漂亮的西装。你有俊美的脸庞，还有干净的双手。我怎么能见你，你不介意我给你写信，我已经很满足了。两年来，如果没有你这位倾诉的对象，我想，我已经垮下了。

你知道吗？那一天，我很激动。其实，我一直没有什么奢望，我只是希望你收到信的时候，认真读就是了。我很希望能有一个像你一样的哥哥，给你写信，就是在我孤单的时候，想象着依偎在你的肩膀旁边，然后，静静地让你听着一个头发蓬乱的弟弟，一点一点地诉说遭遇。"

此刻，恍然大悟的张磊在心底默默叹道："哦，亲爱的弟弟。我不要求你能主动见我，但愿你能像往常一样写信，你我在很久以前就不陌生。"

心灵感悟

给陌生人一点善意，哪怕是并不浪费时间的读读他们的心声，这对他们来说也是很大的恩惠了。做一个善良的人，让世界充满爱。

给予也是快乐的

麦克的生日快到了，与他相依为命的哥哥乔斯送给他一辆新车作为生日礼物。生日当天晚上，麦克兴致勃勃地走出办公室，准备开着他的新车到他的朋友那里炫耀一番。来到新车旁边，他看见一个瘦小的男孩在他闪亮的新车旁蹭来蹭去，一会儿伸手轻轻地摸摸车身，一会儿在一边静静地观看着，满脸羡慕的神情。

麦克没有吭声，而是饶有兴趣地看着这个男孩的举动。从衣着身形来看，这个男孩的家庭属于贫穷的那种。这个小男孩让麦克想起了自己贫困的童年。过了一会儿，小男孩看见麦克在望着自己，就小心翼翼地问道："先生，这是你的车吗？"

"是的，"麦克点点头说，"这是我哥哥给我的生日礼物。"

小男孩睁大了眼睛，不敢相信自己所听到的，半晌才说："先生，你是说，这车是你哥哥给你的，你没有花一分钱？"

麦克点点头。

小男孩惊叹地说："哇！我希望……"

麦克以为小男孩希望自己也有一个这样的哥哥。这个男孩却说："我希望自己也是这样可以给弟弟买礼物的哥哥。"

麦克以为自己听错了，吃惊地看着这个男孩，不由自主地问了一句："有这个心，就是一个好哥哥，现在，你愿意坐我的车兜一圈吗？"

小男孩刚开始拒绝了，接着就开开心心地坐上了麦克的新车。

一路上，小男孩说了很多关于他弟弟的事情。车开了一段路，男孩突然转过身来，眼睛里闪着亮光，说道："先生，你能把车开到我家门口吗？"

麦克点头同意了，他非常理解小男孩的想法，如果坐一辆又大又漂亮的车子回家，在小朋友的面前是很神气很骄傲的事，他小的时候也渴望有人开着漂亮的车子送他上学。但是麦克这次又想错了。

"先生，麻烦你把车停在台阶那里，我一会儿就过来，好吗？"小男孩恳求着说。麦克微笑着，猜测他准备做什么。

小男孩跳下车，三步两步跑上台阶钻进了一个又矮又小的房屋。不一会儿，小男孩出来了，背着一个更为弱小的孩子，显然是他的弟弟，看上去腿有残疾。小男孩把弟弟放在台阶上，两个人紧靠着坐下。他指着麦克的新车，说："弟弟，你看见了吗？很漂亮，对不对？这是他哥哥送给他的生日礼物！将来，你生日时，我也要送你一辆这样的新车。到那时候，你就可以坐在车里，亲眼看看我跟你讲过的那些漂亮地方和衣服了。我们还可以去买你想吃的糖果。"

听到这，麦克的眼睛湿润了，不由得想起他和哥哥早些年的苦日子。他推开门下了车，将小男孩的弟弟抱进了车里。小男孩眼睛里闪着喜悦的光芒，也跟着坐了进去。麦克带着他们去了好多地方，欣赏了这个城市夜晚的宁静，还给他们买了好多礼物。这三个毫无交集的陌生人一起度过了一个难

小店虽小，但是却有豪华大店所没有的品质，那就是温馨和亲切。人们在这里付出自己的爱，也收获自己的爱。

忘的夜晚。

　　过生日的这个夜晚，麦克从内心感受到，给予是令人快乐的，特别是他给予陌生小男孩兄弟俩的！

心灵感悟

　　给予是双方面的感受，无论是给予和被给予心中都会有无法表达的快乐，当你给予了别人什么，自己会感到欢喜和欣慰。有句谚语这样说：赠人玫瑰，手留余香。我们在给予别人帮助的同时自己的内心会有一种满足感，这才是我们每个人最需要的。

父亲给我上的一堂课

我的父亲是银行的小职员，母亲生下我之后就辞去了超市的工作，专心照顾家庭。等我可以穿衣走路之后，父亲为了让家庭更为宽裕些，便找亲戚们借钱让母亲开了一家汉堡店。

我和哥哥麦斯有空闲就会在汉堡店里帮忙。哥哥管账，我也只是做些零散的工作，例如给客人打包或者洗洗菜刷刷盘子之类的。在我们做这些的时候，我们了解到工作不是一件容易的事，所以更加体谅父母的辛勤劳动。

在母亲的汉堡店里，父亲给我上了一堂永远难忘的课。一天晚上，我和父亲去店里帮忙。那天晚上的雨很大，几乎都没有客人来买母亲做的汉堡，只有我们的说话声。我们正要收拾东西关门的时候，一位白发苍苍的老人步履蹒跚地走了进来。他的黑色旧上衣已经被雨水淋湿透了，袖口又破又脏，头发也被雨水淋的乱七八糟，有几处头发紧紧地贴在了头皮上，他的鞋也十分破旧，已看不清本色了。老人忐忑不安地说："打扰了，雨下得很大，我只不过是想进来躲躲雨……"在我看来，眼前这个衣衫褴褛的老人简直就和乞丐一样，如果让他进来会把母亲的店弄脏的，因此我准备上前把他轰走。

谁知，在一旁收拾东西的父亲却快步走上前，将那个邋里邋遢的老人扶到一张汉堡桌旁，接着为他拿来干净的毛巾让他擦去身上的雨水。父亲让母亲给老人端一杯热果汁来。老人见状，赶紧站起来，不去接母亲手中的果汁。老人起初多番推辞，但抵不过父亲的热情，慢慢地双手接过杯子喝了起来。父亲让我赶紧做了几个热汉堡，等老人填饱肚子后，父亲继续与老人交谈，我从来没有见过父亲那样，当然，我看出那个老人也对我父亲感激万分。

大约半个小时候，雨已经停了，老人起身告辞。父亲马上跑到后面给了老人一把雨伞，父亲一直看着老人缓缓远去的背影消失在拐角处。然后我们继续收拾东西，父亲对我和哥哥说："以后，再遇见这样需要帮助的老人，一定要尽力去帮助他们。善待老人，这是我们都应该做的。"父亲的话语很平淡，就像他的工作和行为一样。

心灵感悟

中国有句名言："老吾老，以及人之老；幼吾幼，以及人之幼"，帮助孝敬老人是小辈应该做的，老年人的今天就是我们的明天，善待老人就是善待自己，也就是善待我们的未来。

40年前的一堂课

现在的我已经是纽约一家投资公司的总经理，透过办公室的玻璃窗，可以看到大半个纽约城。但是我最想看的不是纽约市，而是我的老家菲尼克斯，那里有我美好的回忆，还有指导我人生方向的父亲。

40年前的菲尼克斯城还不像现在这样繁华，我的父亲在那里开了个小五金商店，这个小小的地方却是我和弟弟们的乐园，因为我们总能在这个店里发现一些新奇的东西。当然，父亲是不允许我们动他的商品的，除了我们帮他的忙。其实，我们也只是做些诸如打扫卫生、把货物摆到货架上以及包裹材料之类的零活，等我们大了些之后，才让我们接待顾客了。在我们工作和观察别人工作的时候，我们逐渐了解到父亲的工作不仅仅是生存和销售，还有其他的东西让我永远铭记在心，受益终生。

父亲的小店在圣诞节前后生意都很好，每天都有好多人来购买各种各样的物品。我上完学之后帮爸爸干活，替爸爸弄乱七八糟的玩具。圣诞节的这天晚上，一个五六岁的小男孩走进商店。他身上穿着一件深黑色的旧衣服，袖口破旧不堪。他的头发应该有好长时间没有打理过了，乱七八糟的，还有一绺头发直直地立在前额上。他的每只鞋边都磨损得非常厉害，两只鞋子的鞋带颜色还不一致。在我看来，这个小男孩非常穷，穷得根本买不起我们店里的任何一样东西。他在店里待了好长时间，左看看右看看，还不时拿起一两件玩具，然后又小心翼翼地把它们放回原处。

我不时看这个小男孩，不时看看父亲，我发现父亲也聚精会神地看着这个小男孩。不一会儿，爸爸挪动脚步，走到小男孩身边，他微笑着，脸颊上深陷出两个漂亮的酒窝，他小声地询问小男孩想买什么。小男孩说他想为他的妹妹买一件圣诞礼物。爸爸当时的态度和语气很慈祥和温柔，这让我至今难以忘怀。爸爸看了看店里的玩具，然后告诉他尽管随便看，随便挑。

小男孩在父亲的鼓励下开始挑选玩具。片刻之后，小男孩小心翼翼地拿起刚才他抚摸过的一架玩具飞机，走到我爸爸面前说："先生，这个多少钱？"

爸爸没有看他手中的玩具，而是看着小男孩说："你有多少钱？"

小男孩松开了紧紧握着的拳头，他又黑又瘦的手掌因为紧握着钱而留下一道又湿又脏的折痕。手掌展开后，我看到里面有硬币，他的钱只有二十几美分，而他选中的玩具飞机大约四美元，他的钱远远不够。

父亲接过小男孩手中的钱，说："真巧啊，你的钱正好够。"我诧异地看着父亲，这些钱连进价都不够，怎么可以卖给他呢。在父亲为

心灵感悟

　　我的父亲由于同情小男孩的处境，帮助他完成心愿，保护了一颗幼小脆弱的心灵。关心别人也许是一句温暖的话语，也许是微笑的眼神，也许是一个善意的帮助。不管怎样得到他人的关爱是一种幸福，关爱他人更是一种幸福。因为关爱他人是一种高尚的品德，只有懂得关爱别人，我们才可以被别人关爱。

小男孩包裹礼物的时候，我走过去询问父亲为什么这样做，父亲说了一句让我至今难忘的话："工作不仅仅是为了生存，我们还可以帮助别人完成心愿啊。"我心里一直想着父亲的话语，当小男孩走出商店的时候，我没有看到他身上那件又脏又旧的衣服和他乱蓬蓬的头发，还有那两个不同颜色的鞋带。我只看到一个满心欢喜、又蹦又跳、急于回家的男孩。

生活对爱的最高奖赏

多年前，在纽约城的贫民窟里，一个外地来的中年男子叫罗布森，他在一条街的拐角处摆摊卖水果。新年的那天晚上，天上飘起鹅毛大雪，等了好长时间都没有客人来买东西。他正收摊回家的时候，一转身，看到一个小孩在不远处蹲着。看样子，这个孩子冻得不轻，身子紧紧蜷缩着，双手呵着仅有的一点热气，耳朵通红通红的，眼睛直愣愣地盯着他，眼神呆滞而又茫然。

罗布森看不下去了，就把孩子领回家，给他准备了可口的饭菜，换上干净暖和的衣服。罗布森的老婆看到这些就骂他多管闲事，自己的孩子没有照顾好，还捡回了一个，让他明天赶紧把这个孩子送到福利院。罗布森没有争执，任凭老婆唠唠叨叨地骂。

不管怎样，这个可怜的孩子还是留在他们十几平方米的破房子里。罗布森把孩子留在身边，每天推着车卖水果时都向买主打听有关这个孩子的任何信息。

时光荏苒，几年时间过去了，还没有人来认领这个孩子。孩子却长高长胖了许多，也很聪明乖巧，每天跟着罗布森一块去卖水果，帮忙搬运东西。罗布森的老婆也渐渐喜欢上了这个孩子，家里再拮据，也舍得拿出钱来为孩子买衣服和玩具，让他和自己的孩子一块学习。一天吃饭时，她对罗布森说："这么多年过去了，他的父母也没有来找寻，不如我们领养过来，再说我也舍不得让他走。"罗布森思索半晌没有说话，最后回了一句："他的父母肯定着急，无论如何也要找到他的父母。"

在接下来的日子里，罗布森还是到处托人打听，他一刻也没有放弃对孩子父母的找寻。他让人写下好多寻人启事，然后不辞辛苦地贴到纽约市的大街小巷。春夏秋冬，风刮雨淋之后，他又重新再来一遍。如果有熟人去外地，他也要让人带上几份寻人启事帮他张贴。他甚至还在报纸上登过寻人启事。他把该想的办法都想了，心中只有一个念头：一定要找到孩子的父母。

功夫不负有心人，终于有一天，孩子的父母匆匆忙忙地找到了他，把孩子领走了。走的时候，他们只是说了几句感谢的话，给了一点钱。罗布森一直没有计较什么，只是一起摆摊卖水果的人有事没事就嘲笑他，说他傻，他总是傻呵呵地一笑，什么也不说。

心灵感悟

有位名人说："你把最好的给予别人，就会从别人那里获得最好的。你帮助的人越多，你得到的也越多。你越吝啬，就越一无所有。"生命也许是一种回声，你送出什么它就送回什么，你播种什么就收获什么，你给予什么就得到什么。只要你付出了，就会有收获。我们付出得越多，内心就越充盈，幸福感就越强。所以，助人不仅是付出，也是收获。

别人在得到帮助的同时，我们也可以得到快乐和充实。

也许真是罗布森太傻，从那之后，就再也没有那个孩子的任何音信，他老婆一直念叨他的不是，平白无故捡回来一个孩子让她伤心难过。后来，罗布森买卖水果有了一些积蓄，就离开纽约市，回到老家开了一个水果店。

　　一晃十几年过去了，罗布森自己的孩子也都结婚嫁人了，闲暇之时，他和老伴儿常常念叨着在风雪之时领回来的那个孩子。一天，一个长相俊秀的青年男子找到他的家，这个男子就是他们曾经帮助过的那个小男孩。现在他已经长成一位有德有才的小伙子，而且他还因为帮助寻找失散的人成了名，他在互联网上专门注册了一个寻找失散亲人的免费网站。令人惊奇的是，网站竟然是以罗布森的名字命名的。进入网站，人们看到，在显要位置上，是网站创始人的"寻人启事"。他要寻找的，就是很多年以前，曾经给过流落在街头的他无限关爱和帮助的那个中年男子。

最好的报酬

法兰奇是一个贫穷的英国农民，靠着微薄的收入来养活一大家人。

有一天傍晚，在干完农活往家里走时，他突然听到附近田地里有人发出求助的哭声。他连忙放下农具，朝着哭声跑过去，发现一个小孩正在农夫灌溉用的汲水坑里挣扎，法兰奇赶忙找来木棍，将这个小孩从死亡的边缘救了出来，带他回家换上干净的衣服，并且把他送回家。

第二天清晨，一辆非常豪华的马车停在法兰奇家门口，随后走出一个优雅的绅士，他自我介绍是那被救小孩的父亲。绅士说："我要报答您，您救了我小孩的生命。"法兰奇连连推脱说："谢谢，我不会见死不救的，我也不能因为救了您的小孩而接受报酬。"

法兰奇的小儿子约克听见外面的动静，就从茅屋里走出来，绅士问："这是您的儿子吗？"法兰奇回答道："是！他叫约克，他很聪明。"

绅士说："既然你不愿意接受我的报酬，那么我就资助你的儿子学习，我会让他接受最良好的教育。假如这个小孩像您一样助人为乐，他将来一定会成为一位令您骄傲的人。"

法兰奇很高兴地同意了，这个绅士没有食言，一直资助着约克的学业。后来小约克考入牛津大学医学系，学习先进的医术。

  数年后，年迈的绅士在一次打猎的途中感染风寒，又因治疗不及时，导致急性肺积水，拖了几天后，整个肚子都突起来，当地的医生都束手无策，老绅士只好痛苦地等着死神的降临。

  正巧，回家看望父亲的约克听到这个消息，就急忙赶过去，查看情况之后，利用学习的针刺疗法治好了资助他学业的老绅士。

心灵感悟

  "送人玫瑰，手有余香。"这就是最好的报酬，善良的人生！

热心的萤火虫

在一个安静的晚上，蟋蟀作曲家在弹着钢琴，风中带着独特的玫瑰香味，一只萤火虫扇动着轻盈的翅膀悠闲地在花丛中翩翩飞舞。突然，一阵"哇哇哇"的哭声传进了它的耳朵，萤火虫顺着很大的哭声飞了过

虽然萤火虫的点点灯光很微弱，但意义却和漫天的繁星一样，令人心生温暖。其实这才是人生的真谛，即人们互相关心，互相关怀。

去，原来是一只迷路的小蜜蜂。萤火虫说："我带你回家吧。"萤火虫把蜜蜂送回了家，蜜蜂给了萤火虫一小桶蜂蜜，于是萤火虫谢过蜜蜂高兴地飞走了，它一边飞一边吃着蜂蜜，就在不知不觉中飞到了草丛中，萤火虫听到有人在咕噜着什么，原来是纺织娘。

"你在嘀咕什么呢？"萤火虫好奇地问。

"今天没有月光，我织不了布了。"纺织娘说。

"那就休息一天呀，你每天那么累。"

"不行啊，我织的被子要给受灾的小朋友送去，不然，他们要冻坏的。我不忍心。"

萤火虫听到这些话，赶紧开起了自己的小灯笼，说："我来给你照明吧。"

纺织娘开始织布了，不大一会儿就织好了，萤火虫叫了自己的伙伴连夜帮它把布送给了灾区的小朋友。一直忙到了深夜。

天亮了以后，纺织娘听到了一阵打呼噜的声音，原来是萤火虫趴在剩下的布料上"呼呼"地睡着了。

心灵感悟

　　帮助别人是美好的事情。我们不要怕自己的光、热微不足道，只要用心去做，仍然能够完成伟大的使命。

刺猬收枣

狐狸的家在如画般的仙桃峰上。勤劳的狐狸在院子里培育了一株大枣树，他常常给枣树灌溉、除虫、施肥，非常勤劳。

秋天时，山谷里的橘子、橙子快熟了，狐狸的枣树也结满了果实。狐狸泡上一壶茶，坐在板凳上，欣赏着树上一粒粒饱满的枣子，心里计算着能卖多少钱。

这时，狐狸的朋友孔雀、锦鸡、老鹰叽叽喳喳叫着来寻找食物了。他们羡慕地盯着枣子，咽着口水。狐狸瞅了瞅他们，故意打了个长哈欠，咳嗽一声，说："你们这些人是不是想吃枣子呀？"气得朋友们转身就走了。

突然，天上下起了冰雹，大大的枣子噼里啪啦地蹦了一地，像炸鞭炮一样响。必须赶快把枣子捡起来，放到屋里去，但是现在缺乏人手，狐狸发愁得哭了起来。这时，好邻居刺猬跑来了，他在地上打了个滚，哇，身上像铁钉一样的刺扎起了很多枣子。刺猬不停地往返，甚至来不及擦汗。他不知疲倦地干了大半晌，终于把枣子都收完了。

狐狸感激地对刺猬说："谢谢你啊，不然枣子都被雹灾给毁了。"

刺猬说："凡事不能只谋求个人的利益，帮助别人的同时，自己也能得到意想不到的幸福！"

心灵感悟

在我们去提防别人的同时，想想是否伤到别人的心。别人没有去做的，你就认为别人去想了，并且想做了，这样只会搬起石头砸自己的脚。

伸出援助之手

他先前是个令人厌烦的小偷，靠不劳而获生活在这座小镇上。在一次车祸中，他失去了一条腿。但是老天是公平的，对他来说，这不是报应，而是福祉。

他成了一名乞丐，东家讨米，西家讨钱，艰难的行走在小镇方圆几十里范围内。先前向别人伸手，是悄悄地；现在向别人伸手，是落魄地。

在小镇生活的人们，大多知晓他先前的不轨行为，然而人人皆有仁慈之心，淳朴的人们看到他现在这个落魄样子，还是大方地把财物施舍给他。他们说：他现在不是一个小偷，而是一个落魄的乞丐，他需要帮助。

后来政府进行扶贫助困，安排他参加一份工作，工资虽然很低，但他不用再乞讨为生了，他的生活开始变得非常安定。因为他是残疾人，大家依然热心地帮助他。他有了感恩之心后，不仅认真的工作，还在闲暇时帮别人一点力所能及的小忙。

镇里举行驾驶培训，他去了，通过比别人多好几倍的努力，他考到了驾照。邻居帮助他贷款购买了一辆电动三轮车，但是他不用来做生意，也不去跑运输，而是在小镇各处贴了许多告示，上面写着：

"感谢大家多年来对我的关照，本人现有电动三轮车一辆，有需要请联系，本人24小时为您提供帮助。"

一年来，他拖着一条断腿，风里雨里的拉老人，接孩子，送病人……

帮了大家很大的忙。虽然他是一个残疾人，但大家坐他的车却从不担心受伤，大家都说他是一个有良心的人，坐他的车很安全。

他获得了杰出青年的称号，找到了更好的工作岗位，几年后，他在省城有了自己的公司。

他为镇里办了敬老院和幼儿园，他热心地成立的义务服务车队一直免费为人们提供很多帮助。

当记者采访他的时候，他说："这没什么，我以前无数次的偷过邻居李大爷家的很多东西，但在我残废之后，李大爷却给了我最大的关怀。现在李大爷瘫痪了，我把他接到自己家里，让他做我的干爹……在我艰难的时候，大伙都来帮我，现在我总算有能力来回报大家了，这仅仅是我应该做的事情而已。"

心灵感悟

在这个世界上，没有人是不需要帮助，既然每个人都需要别人的帮助，每个人就更应该帮助别人，这样，我们的社会，我们的生活才能变得更加和谐、美好！

富翁的房檐

有一位善良的富翁，盖了一栋大房子，他特别要求建造的师傅把那四周的屋檐加长，好让穷苦无家的人，能在屋檐下暂时躲避风雪。

大房子建成了，果然有很多穷人聚集在屋檐下，他们甚至摆起摊子做起了买卖，并生火煮饭。嘈杂的人声和油烟，让富翁不堪其扰，不悦的家人也经常与寄在檐下的人争吵。屋内优裕的环境和檐下贫寒的生活，更让所有寄住檐下的人不仅体会不出富翁当初的善意，反而个个咬牙切齿，愤愤不平。

这一年冬天，有一个老人在檐下冻死了，大家交口乱骂富翁的不仁。

到了夏天，一场飓风过后，别人的房子都没事，而富翁的大房子因为房檐特别长，居然被掀了顶儿，村里人都说是恶有恶报。

到了重修屋顶时，富翁只要求建小小的房檐，这次他把省下的钱捐给了慈善机构，并另外盖了一间小房子。这间小房子所能庇荫的范围远比以前的房檐要小，但四面有墙，是栋正式的房子。

很多无家可归的人，也都在其中获得暂时的庇护，并在临走前，问这栋房子是哪位善良的人捐盖的。

没有过几年，富翁就成了最受欢迎的人。即使在他死后，人们还因为继续受着他的恩泽而纪念他。

心灵感悟

与人为善也要给人以尊严，不能为了对人家好，就不顾及对方的面子，不然，自己即使出了力，也落不到什么好的。

第四章　坚毅执著是战胜
困难的克星

"大石头"，小石头

从前在一个村落里，有一户人家的门前土埋着一颗圆石头。

出出进进的人很容易就会踢到那一颗大石头，不是跌倒就是擦伤。

这天，儿子不耐烦："爸爸，那真是一颗讨厌的石头。为什么不把它挖走呢？"

爸爸回答："你说那颗石头喔？从你爷爷时代，一直放到现在了。你爷爷对我说，这只是露出地面的一小部分，剩下的都在土下面埋着呢，我猜测，咱们的房子都在这块石头上呢！挖石头，不如走路小心一点。"

过了很多年，这颗大石头留到下一代，这时儿子娶了媳妇，当了爸爸。

有一天儿子的儿子愤怒地说："爸爸，门口那颗大石头让我越看越不顺眼，改天请人搬走吧！"

心灵感悟

你抱着下坡的想法爬山，便无从爬上山去。如果你的世界沉闷而无望，那是因为你自己沉闷无望。改变你的世界，必先改变你自己的心态。人与人之间本身并无太大的区别，真正的区别在于心态，"要么你去驾驭生命，要么生命驾驭你。你的心态决定谁是坐骑，谁是骑师。"

爸爸回答说："从你爷爷时代，就一直放到现在了。你爷爷对我说，这只是露出地面的一小部分，剩下的都在土下面埋着呢，咱们的房子都在这块石头上呢。如果可以搬走，我早就搬走了，哪会把它留到现在啊？"

　　儿子的儿子心里非常不是滋味。

　　一天早上，他带着锄头和一桶水，将整桶水倒在大石头的四周。十几分钟以后，儿子用锄头把大石头四周的泥土搅松，几分钟就把石头挖起来。

　　石头就这么大，埋进底下的不到四尺。

　　爷爷和爸爸都来看小孙子挖出来的石头，异口同声道："哦，原来这么小。"

　　翻开石头，剥落泥土，下面有字：到这一辈人，咱们族里能出大人物了。

让我为您挖个坑吧

　　在里约热内卢的一个贫民窟里有一个男孩，他对足球几乎达到了痴迷的程度，但这个孩子买不起足球，于是就练习踢塑料盒，踢汽水瓶，踢从垃圾箱里拣来的椰子壳，所有的小物件都能成为这个孩子练习的对象。他在巷口里踢，在能找到的任何一片空地上踢。

　　有一天，当他在一个干涸的水塘里又开始乱踢新奇物件时，被一位足球教练看见了，他发现这男孩踢得很是那么回事，于是就主动送他一个足球。小男孩得到足球后踢得更卖劲了，不久，他就能准确地把球踢进远处随意摆放的水桶里。

　　圣诞节到了，男孩的妈妈说："我们没有钱买圣诞节礼物送给我们的恩人。就让我们为我们的恩人祈祷吧，愿他一生平安。"

　　小男孩和妈妈祷告完毕，男孩向妈妈要了一只铲子，飞快地跑了出去，他来到一处别墅前的花园里，

　　贝利，是前巴西著名足球运动员，入球过千。他可以打中前后场的任何一个位置，甚至守门员也能胜任。球技出神入化，被称为"世界球王"。贝利参加过4次世界杯足球赛，也是世界上唯一一位三夺世界杯冠军的球员。

开始挖坑。

就在他快挖到齐腰深的时候，从别墅里走出一个人来，问："小孩，你在干什么？"

小男孩抬起满是汗的脸蛋，嘿嘿笑着说："教练，圣诞节快乐，我没有礼物送给您，我愿给您的圣诞树挖一个树坑。"

教练呵呵笑着，把小男孩从树坑里拉出来，说道："我今天得到了世界上最好的礼物。明天你就到我的训练场去吧。"

几年后，这位十七岁的小男孩在第六届世界足球锦标赛上独进二十一球，为巴西第一次捧回了金杯。一个原来不为世人所知的名字——贝利，成为世界瞩目的球王。

心灵感悟

在我们愁苦自己一无所有的时候，请为我们尊敬的人"挖一个坑"吧。若想去做，我们总能做出一两件令人欢乐的事。

生命最后的蜜汁

在荒无人烟的荒村外，一个旅行者步履蹒跚地走着。他感到远处废墟荒草中有"哗哗"的响声。但凡是喜欢独自旅行的人，都是可以独当一面的人。于是，旅行者慢慢摸索着走向前去，想看个究竟。他拨开荒草，顿时，他惊呆了。他看到一只吊睛白虎正啃食着什么，尸体已经不能辨别出是什么动物。

旅行者心想，还好老虎没有发现自己。正当他慢慢退回时，脚下踩到卵石，扑通一声摔倒在地。正在进食的老虎，迅速转身，做出攻击姿势。老虎恐怖的獠牙还滴答着动物的血液，空气在此刻停止流动，旅行者脸色煞白，但求生的意念对他发出指令：逃！

一个在前，一个在后，就这样，旅行者巧妙地利用躲避和老虎纠缠。旅行者想：这样不是办法，很快就体力透支了。四下无人，他已经孤立无援了。

正在旅行者气喘吁吁时，他看到村头的一口井，于是使出了最后的力气跑到井旁，毫不犹豫地跳到井中，还好多年未经打扫的老井井壁上长满了植物，他幸运地抓住了井壁生长的灌木。然而，危险并未平息。正当旅行者长吁一口气时，忽然听到下方有"嘶嘶"声。他慢慢低下头，竟看到井底有一条水蟒，一会吐着信子，一会张开血盆大口。

这个不幸的人不敢爬出井口，怕会被狂怒的老虎吃掉；也不敢跳入井底，否则会被水蟒吞噬。他打算最后一次回想此生美妙的时光。他抓住井缝里生长出来的野灌木枝条死死不放。他的手越来越无力，他感到自己不久就筋疲力尽。祸不单行，深井有几个小窟窿。两只老鼠从里面钻出来绕着他抓住的灌木主枝画了一个圆圈，然后开始啃噬。木屑不断掉进蟒蛇嘴里，灌木随时都会断裂掉。

旅行者经历了这一切，深知自己必死无疑，而在他死死抓着灌木的时候，却看见灌木的树叶上挂着几滴蜜汁，他把所有的惊慌抛到脑后，对自己说："死已经是定局，不如享受这生命中最后一次美妙时光吧。"他把舌头伸过去，舔舐着生命中最后的快乐。

心灵感悟

一个人在最危险的关头，要消除压力和恐惧。对于勇者来说，也许并没什么了不起。消除多方面的压力和恐惧，在进退两难的境遇里，以全部的力量向险恶的势力抗争，就显得格外难能可贵了。倘若在面对无法抗衡的力量的威胁时，等到生命的最后时刻，仍能够自如地去发现和体味最后的蜜汁，就会显现出一种真正超然的英雄本色。

好坏之间的转换

十年寒窗苦读，秀才认为自己的学识已经到了一定火候。遂告别了家人和妻子进京赶考。在繁华的京城设有专门招待来往考生的店家，如"聚贤阁"、"才子巷"等。秀才入住后结交了不少的文人雅士，酒店可谓是"谈笑有鸿儒，往来无白丁。"

而正当秀才意气风发，辛勤准备的时候，他做了三个梦。

第一个梦是梦到自己在墙上种白菜；第二个梦是下雨天，他戴了斗笠还打伞；第三个梦是梦到跟心爱的表妹脱光了衣服躺在一起，但是背靠着背。

这三个梦似乎有些蹊跷不凡，使秀才几天都寝食难安。他打听到南城有一位神算子，精通解梦之术，只是因为神算子年老母亲去世，不知他是否在那。

于是秀才便去南城，找最著名的神算子解梦。他很快来到南城，只见一长须老者，静静坐在那里，若虚若化，略显沧桑。他就是神算子。

神算子听了秀才说的梦，连连摇头说："你还是回家吧。你想想，高墙上种菜不是白费劲吗？戴斗笠打雨伞不是多此一举吗？跟表妹都脱光了躺在一张床上了，却背靠背，不是没戏吗？"

秀才一听，心灰意冷，回店收拾包袱准备回家。店老板非常奇怪，问："不是明天才考试吗，今天你怎么就回乡了？"

秀才如此这般说了一番，店老板乐了："哟，我也会解梦的。我倒觉得，你这次一定要留下来。你想想，墙上种菜不是高种吗？戴斗笠打伞不是说明你这次有备无患吗？跟你表妹脱光了背靠背躺在床上，不是说明你翻身的时候就要到了吗？"

秀才若有所思，但还有怀疑。

店家老板继续说："神算子的母亲刚去世，城里的人过去算命，都得到了不好的结果。"

秀才一听，觉得有道理，于是精神振奋地参加考试，居然中了个探花。

心灵感悟

　　一个人能飞多高，并非由人的其它因素，而是由他自己的心态所制约。我们的心态在很大程度上决定了我们人生的成败。积极的人，就像太阳，照到哪里哪里亮，消极的人，就像月亮，初一十五不一样。想法决定我们的生活，有什么样的想法，就有什么样的未来。

机会马上就来

　　一位大学生从北京大学毕业了。她最大的梦想就是做一名优秀的翻译，在富丽堂皇的大厅里为首长服务。所以在临近毕业时，她更是尽最大努力，希望自己的愿望能够实现。她认为这样才是最有意义的人生。

　　毕业之后，按照她的计划，她去大使馆面试。很幸运，她被分到英国大使馆，这是一份别人梦寐以求的工作。但是，进了工作岗位才知道，她担任的角色只是接线员，一个被别人看不起的最没有前途的岗位。这让她曾经一度忧伤悲愤。她认为自己是有优秀才华和博学知识的，所以只能感叹"无伯乐"。她闷闷不乐，甚至有离开的打算。时光如白驹过隙，她在接线员的位置一直毫无激情地工作，脑袋里整天想的是"这帮人不识货"、"我的优秀，仅限于此？"等消极想法。

　　这天，她又懒散地来上班，如往常一样坐在椅子上，悠闲地看着报纸。

　　一会，大使来了一个电话，需要一份资料召开会议。但是连线很久都没有人回应，原来这个女大学生睡着了。

　　大使来到电话室，但女孩很平静，她心想，反正自己也不喜欢这份工作，被辞掉才好呢。

　　谁知大使对女孩说："趴着睡觉对身体不好。现在请你到我的办公室把我桌子上的资料拿来好么？"

　　女孩照吩咐做了。令女孩惊奇的是，这份资料正是大使提议自己调到翻译部门，做大使翻译的报告。

"鉴于你今天犯的小错误，你必须再做两个月的接线员，你需要拿出你最优秀的一面。"

女孩听着，非常惊讶。她认为自己会被开除的，没想到，机会就在自己对这个地方死心的时候说来就来了。原来她在学校里获得的各项殊荣，人事部门都非常清楚，自己差点把机会丢掉。

从此，女孩开始恢复到大学时学习的状态。

她把使馆里所有人的名字、电话和工作都一一记在随身携带的本子上，一有时间就默诵，她还试着记住使馆工作人员家属的电话和名字。平时还尽可能掌握大使馆人员的工作情况和外出情况。

每当有电话打进来时，她总是以最快速度接听，根据日常积累的数据来对待每一次通话，而这些是其他人都做不到的。

她快速、准确的服务不仅让使馆工作人员得到很多方便，当地许多政府部门的工作人员也都对她赞不绝口。

后来，大使注意到了这个工作勤奋的姑娘，每次外出工作时都不忘让她记下自己的时间安排。不久后，在大使的推荐下，她成为英国一家著名媒体的翻译。尔后她又以出色的成绩成为美国驻华联络处翻译人员，并受到了外交部嘉奖。现在，她的身份是北京一所大学的副校长。

心灵感悟

机会一直在身旁，但在得到它之前，应该做的有很多。而在得到之前所做的每一件事，都会为你增加磁力，加速对机会的"吸引"。水到渠成，看似呆板，其实是获得机会的最博大的方式。机会就在下一秒，在这之前，请做好准备，善待生活。

在山谷，那么你就只剩成功了

我是一名老师，一位妇人是我的朋友。她经常来找我，每次来她都要提到她孩子的事情。说正为孩子的功课烦恼："我这孩子太不争气，平时我让他吃最好的，穿最好的，找最好的家教，可是他的成绩总是在班级最后一名。开家长会时，我和孩子他爸都不好意思去。该怎么办呀，我觉得，这孩子就不是上学的材料。"

我说："孩子的功课应该由孩子自己烦恼才对呀？再说你作为父母的只要做好了引导，那么接下来就要靠孩子自己了。你不能给他一个万能学习法，但你可以告诉他怎样去寻找更有效的学习方法。"

她无奈地玩笑说："那我应该怎么办，总不能把一些子曰诗云的大道理都讲一遍吧。"

我说："先从你自己的心态改变吧。如果我是你，他有这样的成绩，我一定会因此高兴的。"

妇人惊讶："为什么呢？"

"你想想看啊，我尊敬的夫人，从今天开始，你的孩子就再不会退步了，他绝对不会再倒退了呀！他现在就剩一条路，那就是前进。他一旦真正意识到，自己已经是最后一名了，他就不会再自暴自弃。千万别在孩子跟前夸赞第一名，你只要让他明白自己已经是最后一名了。"我说。

妇人听了："我试试吧。现在权当是死马当成活马医。"

即使是最后一名，那也并不能说明你是一无是处的，而只是你的潜能还没有被开发而已。当你身在谷底之时，也不要惊慌失措，因为它一样是美丽人生的一部分，谷底亦有谷底的价值和美丽，亦有如此美丽鲜艳的鲜花和大树。从谷底吸取这种营养，会为以后的奋起积蓄力量。

"我现在给你讲一个故事，你回去讲给他听，只要他还是一个上进的孩子，他会明白的。他也在为自己的成绩烦恼不是吗？"

"是呀，每次发了试卷，他都会撕掉，装作一副满不在乎的样子，他的压力应该很大了。"

"让他丢掉压力，轻装上阵，他会明白这个故事的。"

学校展开一次野外拓展训练，要求到学校附近的山里爬山。最先爬到山顶的人可以得到优秀青年奖，奖品是一只水晶玻璃奖杯。很多人开始出发了。

可令这些学生没想到的是，自己班级竟然有一位厉害的爬山高手，不一会就超出了所有的同学，并且消失在密林深处。中间一部分的同学急忙追赶，都没有成功。

有的同学说："不要急了，让他自己拿奖杯去，最起码咱们后面还有别人垫底，咱们只要悠闲地走到山顶就行了。"

老师听了他们的对话没有说话，继续等待着，直到最后一名出现。老师见最后一名虽然个子矮小，但他笑容满面地认真看路，走好每一步。老师问他："这位同学，你都是最后一名了，为何还能这么自在快乐，你即使到达山顶也不可能得到奖励了啊。"

　　"我在谷底时就已经落后了，但我已经在谷底，没退路了，只好往上走了，而且我也不用怕再落后了，反正我就是最后一名了。"

　　我继续说道："这就好像爬山一样，你的孩子现在是山谷最底部的人，唯一的路就是往上走。我劝您要停止烦恼，去鼓励他，陪他一起走出第一步。"

　　过了不久，这位妇人打电话给我，向我道谢，她的孩子果然成绩不断提高，虽然只有二十几名，但她已经很高兴了。

心灵感悟

　　山谷的最低点也是上山的起点，许多走进山谷的人之所以爬不上山，只是因为他们停住双脚，认定自己要困在山谷。殊不知，山谷是终点，也是通往成功的起点。迈出第一步，你就是离成功不远的人。

锯掉依靠的"椅背"

有一家很知名的企业，他的创始人叫凡厄塞，这个企业现在已经是家喻户晓了。这家企业的总部大楼有一个奇怪的现象，那就是无论是最高领导，还是最普通的员工，他们的椅子都没有后背。这是创始人在公司制度上写下的第一条。凡厄塞不喜欢整天坐在办公室里，大部分工作时间都用在"走动管理上"，即到所有公司、部门走走、看看、听听、问问。

这习惯来自于一次公司危机。

企业曾有一段时间面临严重亏损危机，整个机制效率明显下降。他认为这时候企业应该正处于上升期才是正常现象。凡厄塞调查了各个部门的情况，包括财政、产品质量、销售情况、市场等。凡厄塞发现其中一个重要原因是公司各职能部门的经理大多有严重的官僚主义，习惯躺在舒适的椅背上指手划脚，对下属的实际工作不闻不问。把许多宝贵的时间都耗费在抽烟和喝咖啡上。

于是凡厄塞想出一个"怪招"，他命令后勤部门，将所有经理的椅子靠背全部锯掉。

开始很多人对凡厄塞的举动很不理解，甚至反感。说他是个疯子，是个苛刻的老板。但是不久后大家开始了解了他的一番"苦心"。

在会议上凡厄塞说道："知道本年度企业为何出现亏损的现象吗？"

众人不言语，只是低着头沉默。凡厄塞将自己做的凳子放到会议桌上："原因就在于这只凳子。你们对我的做法越是不满，就越能说明我的做法是正确的。你们的怨言便是企业亏损的原因。"

这些经理失去了舒服的椅子，开始纷纷走出办公室，深入操作间、装货仓库、市场，开展"走动管理"，及时了解情况，现场解决问题。这样企业的运作机制又开始高速运转，企业扭亏转盈。

心灵感悟

当别人拿走你的枕头，那是提醒你不要贪睡；当别人拿走你的火柴，那是提醒你不要抽烟；当别人锯掉你的椅背，你就应该意识到，你是不是过于懒散。

多出去走走，一个成功老板，他的椅子使用几年都不会坏，因为他一直在"走动"。我们的惰性都会随时滋生，预防的最好办法，就是让惰性感到"不舒服"，它需要椅背，我们就去掉椅背。

绝望时，再等一下

一个老婆婆在屋子后面种了一大片玉米。一个颗粒饱满的玉米想："收获那天，老婆婆肯定先摘我，因为我是今年长得最好的玉米！"可是收获那天，老婆婆并没有把它摘走。

"明天，明天她一定会把我摘走！"很棒的玉米自我安慰着……

第二天，老婆婆又收走了其它的玉米，唯独没有摘这个玉米。

"明天，老婆婆一定会把我摘走！"玉米仍然自我安慰着……

可是，从此以后，老婆婆再也没有来过。

直到有一天，玉米绝望了，原来饱满的颗粒变得干瘪坚硬。玉米

心灵感悟

生活中，我们常常满怀希望，但不一定每次希望都会变成美丽的现实，所以我们也常常失望。与梦寐以求的大学失之交臂，心仪的爱人久盼未遇，浪漫的相恋不曾成婚，股票投资空打水漂，基金买卖不能见涨……面对这些失望甚至绝望，我们需要有再等一下的耐心，哪怕下一刻等待我们的仍然是不见起色的结局，但至少我们收获了沉甸甸的阅历，它将成为我们人生中不可重现的财富。

失望了，它断定老婆婆忘记了自己。

可就在这时，老婆婆来了，一边摘下它，一边说："这可是今年最好的玉米，用它做种子，明年肯定能长出更棒的玉米！"

这是我看到的一个故事，作者在结尾处说："也许你一直都很相信自己，但你是否有耐心在绝望的时候再等一下？"

再等的"一下"可能是几天，几个月，几年，你有这样的耐性和坚韧吗？我们需要一种心境，一种态度，一种在绝望时候换一个心情看世界的豁达与勇气。有了这些，我们生命中的许多失望，会因为我们这多等的"一下"而变得峰回路转，柳暗花明。

失败，是成功的基石

　　某个大公司招聘人才，应者云集。其中多为高学历、多证书、有相关工作经验的人。经过三轮淘汰，还剩下 11 个应聘者，最终将留用 6 个。因此，第四轮由总裁亲自面试，将会出现十分"残酷"的场面。

　　奇怪的是，面试考场出现 12 个考生。总裁问："谁不是应聘的？"坐在最后一排的一个男子站起身："先生，我第一轮就被淘汰了，但我想参加一下面试。"

　　在场的人都笑了，包括站在门口闲看的那个老头子。总裁饶有兴趣地问："你第一关都过不了，来这儿有什么意义呢？"男子说："我掌握了很多财富，因此，我本人即是财富。"

　　大家又一次笑得很开心，觉得此人要么太狂妄，要么就是脑子有毛病。男子说："我只有一个本科学历，一个中级职称，但我有 11 年工作经验，曾在 18 家公司任过职……"总裁打断他："你的学历、职称都不算高，工作 11 年倒是很不错，但先后跳槽 18 家公司，太令人吃惊了，我不欣赏。"

　　男子站起身："先生，我没有跳槽，而是那 18 家公司先后倒闭了。"在场的人第三次笑了，一个考生说："你真是倒霉蛋！"男子也笑了："相反，我认为这就是我的财富！我不倒霉，我只有 31 岁。"

　　这时，站在门口的老头子走进来，给总裁倒茶。男子继续说："我很了解那 18 家公司，我曾与大伙努力挽救它们，虽然不成功，但我从它们的错误与失败中学到许多东西；很多人只是追求成功的经验，而我，更有经验避免错误与失败！"

男子离开座位，一边转身一边说："我深知，成功的经验大抵相似，很难模仿；而失败的原因各有不同。与其用 11 年学习成功经验，不如用同样的时间研究错误与失败；别人的成功经历很难成为我们的财富，但别人的失败过程却是！"

男子就要出门了，忽然又回过头："这 11 年经历的 18 家公司，培养、锻炼了我对人、对事、对未来的敏锐洞察力，举个小例子吧——真正的考官，不是您，而是这位倒茶的老人……"

全场 11 个考生哗然，惊愕地盯着倒茶的老头。那老头笑了："很好！你第一个被录取了，因为我急于知道——我的表演为何失败？"

心灵感悟

大家应该对此有所反思吧！一个人不能只靠一样东西取胜，而是多方面的。任何一家企业在选用人才的时候，都应把理论与实际相结合吧！

全力以赴才行

在美国西雅图的一所著名教堂里，一位德高望重的牧师是位博学多识的人。有一天上课时，他向教会学校一个班的学生们讲了下面这个哲理性很强的故事。

那年冬天，猎人带着猎狗去打猎。猎人击中了一只兔子的后腿，受伤的兔子拼命地逃生，猎狗在其后穷追不舍。

可是追了一会，兔子跑得越来越远。猎狗知道自己实在是追不上了，只好垂头丧气地回到猎人身边。

猎人气急败坏地说："你真没用啊，连一只受伤的小兔子都追不到！"

猎狗听了很不服气地辩解道："我已经尽力而为了呀！你不能这么苛刻！"

兔子带着严重的枪伤成功地逃生回家后，兄弟们都围过来惊讶地问它："那只猎狗很凶的呀，你又带了伤，是怎么甩掉它的呢？"

兔子骄傲地说："它是尽力而为，

比尔·盖茨（Bill Gates），美国微软公司的董事长。他与保罗·艾伦一起创建了微软公司，曾任微软CEO和首席软件设计师，也是公司最大的个人股东。1995年到2007年的《福布斯》全球亿万富翁排行榜中，比尔·盖茨连续13年蝉联世界首富。2012年3月，福布斯全球富豪榜发布，比尔·盖茨以610亿美元位列第二。

我是竭尽全力呀！它没追上我，最多挨一顿骂，而我若不竭尽全力地跑，可就没命了呀！"

牧师讲完故事之后，又向全班同学郑重其事地承诺：谁要是能背出《圣经·马太福音》中第五章到第七章的全部内容，那个人就会被邀请去西雅图的"太空针"高塔餐厅参加免费聚餐会。

《圣经·马太福音》中第五章到第七章的全部内容有几万字，没有固定思路，要背诵其全文无疑有相当大的难度。尽管参加免费聚餐会是许多学生梦寐以求的事情，但是几乎所有的人都浅尝辄止，望而却步了。

几天后，班中一个11岁的男孩，胸有成竹地站在牧师的面前，从头到尾地按要求背诵下来，竟然一字不漏，到了最后，简直是声情并茂。

牧师比别人更清楚，就是在自己那些成年的信徒中，能背诵这些篇幅的人也是非常罕见的，更何况是一个孩子。牧师不停地赞叹男孩

心灵感悟

泰勒牧师讲的故事和比尔·盖茨的成功背诵对人很有启示：每个人都有极大的潜能。正如心理学家所指出的，一般人的潜能只开发了2%～8%，像爱因斯坦那样伟大的大科学家，也只开发了12%左右。一个人如果开发了50%的潜能，就可以背诵400本教科书，可以学完十几所大学的课程，还可以掌握二十几种不同国家的语言。这就是说，我们还有90%的潜能还处于沉睡状态。谁要想出类拔萃、创造奇迹，仅仅做到尽力而为还远远不够，必须竭尽全力才行。

那惊人记忆力的同时，不禁好奇地问："你为什么能背下这么长的文字呢？"

这个男孩不假思索地回答道："我竭尽全力。"

16年后，这个男孩成了世界著名软件公司的老板。他就是比尔·盖茨。

永远的坐票

有一个年轻人经常出差，但经常买不到有座位的车票。可是无论出差是长途、短途，无论车上多么拥挤，他总能找到座位。他的朋友问他："车上那么挤，你怎么总是能坐着到达目的地？"

那人说："我的办法其实很简单，在上车之后，我总是耐心地一节车厢一节车厢地找。这个办法听上去似乎并不高明，甚至被定为笨法子，但却很管用。每次，我都会做好了从第一节车厢走到最后一节车厢的准备，可是每次我都用不着走到最后就会发现空位。这是因为锲而不舍地找座位的乘客实在不多，从车头到车尾找一遍的更是没有了。

大多数乘客轻易就被一两节车厢拥挤的现象所迷惑。其实在数十次停靠之中，从火车十几个车门上上下下的流动中蕴藏着不少提供座位的机遇。但即使有人想到了，他们也没有那一份寻找的耐心。眼前的一

心灵感悟

坚持到底的人，思路自然可以超越凡人。他们本就有"天地之间，任我遨游"的思想和信心，更有"此处不留爷，自有留爷处"的豪放胸襟。这样的人，在火车上找一个位置，简直是最简单的事了。

块小小立足之地很容易让大多数人满足，为了一个座位就背负着行囊挤来挤去让很多人觉得不值。甚至，他们还会担心万一找不到座位，回头连这个好好站着的地方也没有了，那不是太可惜了。

　　这些人就像生活中一些安于现状、害怕尝试、害怕失败的人，这些人永远只能滞留在没有成功的起点上。正如这些不愿主动找座位的乘客大多只能在上车时最初的落脚之处一直站到下车，他们宁愿满足一席之地，也不愿尝试寻找自由天空。

不幸的总统

美国总统史上有一位让世界都为之叹服的总统——亚伯拉罕·林肯，他的一生，是一部奇迹奋斗史。他的不幸是少数人的不幸，但他的坚持将为整个美国国度做出最好的榜样。

只要看看林肯入主白宫前的艰辛历程，我们便会为他的坚持不懈所折服。

1816 年，他的家人被赶出了居住的地方，他必须辛勤工作以抚养他们。

1818 年，母亲去世。

1831 年，经商失败。

1832 年，竞选州议员落选。

1833 年，失业、失学。

1834 年，入选州议会。

1835 年，未婚妻亡故。

1836 年，精神崩溃，卧病在床六个月。

1838 年，在州议会议长选举

亚伯拉罕·林肯，美国第 16 任总统。他领导了美国南北战争，颁布了《解放黑人奴隶宣言》，维护了美联邦统一，为美国在 19 世纪跃居世界头号工业强国开辟了道路，使美国进入经济发展的黄金时代，被称为"伟大的解放者"。

中失败。

1843 年，在国会提名选举中失败。

1846 年，被选入国会。

1849 年，申请国有土地局局长职位被拒绝。

1854 年，竞选参议员失败。

1856 年，争取副总统提名失败。

1858 年，竞选参议员，再度失败。

1860 年，当选美国总统。

林肯的一生都在面对挫折与失败，在这些不幸前，他并没有放弃，也正是因为他没有放弃，他才成为美国历史上最伟大的总统之一。他是美国人的骄傲。

心灵感悟

　　幸福的人都一样，不幸的人各有各的不幸。之所以会有幸福的人，不是因为他们幸运，而是他们已经把不幸看作兑换幸福的筹码。这也是所谓的"天将降大任于斯人也，必先苦其心志，劳其筋骨，饿其体肤。"

用努力战胜怒气

　　21世纪初，弗兰克斯在美国一家知名金融机构任职经理足足三十年，在这一行有足够经验的他不想再继续这样平平淡淡下去，而是想闯出一番属于自己的天空。一天，弗兰克斯与某大银行的一位经理洽谈业务之后，偶然提及了他想在中国开办一家银行。若能如愿以偿，借着中国的发展趋势，将来生意一定很好，前途不可估量。

　　但是，那位经理听到他说的话却哈哈大笑起来。他不但对弗兰克斯的计划不加半点儿评价，反而露出十分轻蔑的样子，并且嘲笑他说："好啊！只要你的命够长，也许有一天，你是可以在中国开一家银行的。"说完就没有礼貌地告辞了。

　　弗兰克斯后来告诉他的朋友："当时我听了他的冷言冷语，十分

心灵感悟

　　在努力奋斗，追求成功的道路上，最大的困难和危险不是对手或者敌人，而是来自我们的不良情绪。情绪是和人的追求联系在一起的，我们必须学会选择快乐，抛弃烦恼，学会控制情绪是一种必需的心理整合，这样才可以获得自己想要的东西。

地恼怒和气愤，作为朋友，这是什么话！'只要你的命够长'这不是等于说我是一个庸碌无能、怠惰成性、投机倒把的人吗？他这样说就是讥讽我这辈子也做不成大事情吗？这样的被人嘲笑，我一个堂堂男子汉岂能忍受？他离开之后，我便下定决心，打定主意，要尽快着手开设一家银行让他看看，而且我创办的银行营业额一定超过他的纪录不可。在以后的日子里，我真的这样做了，而且不到几年时间，我和别人合作开办的银行存款数额，已经超过他的一倍以上。"

如果弗兰克斯当时没有那股怒火，说不定他也只是这样想想，而不会打定主意开办银行。他的成功秘诀就是："用努力来发泄胸中的怒气。"他用自己的智慧和努力来击败对手。

言而有信、坚持到底的晋文公

晋文公重耳谦虚而好学，善交贤能智士。复国即位之后，有些诸侯小国不愿臣服于他。平定一些小国的叛乱之后，晋文公乃至晋国的国际形象都得到了极大的提升，大家也迫切地希望晋文公是齐桓公再世，能够带领诸侯成为一代霸主。

但是此时的各个君主的这个想法也都只是想想而已，因为整个中原都处在从不讲信誉道义的楚国的阴霾之下，都害怕哪一天会被楚国吞并。

弱小的宋国也在楚国的压迫之下。公元前 637 年 5 月，宋襄公重伤而亡，公子王臣嗣位，是为宋成公。成公为保全宋国而隐忍，表示愿意投靠楚国，并前往楚国。但是楚国借此想把宋成公作为人质，幸而他提前知晓，逃回宋国，于是战争就爆发了。战争的进程在意料之中，宋国的将士在强大的楚国面前，虽然英勇顽强，沉着应战，但是伤亡惨重，给养困难，大有拼死决战、鱼死网破的势头。

但是这样终究不是万全之计，强大的楚国肯定会在这场战争中获胜的。宋国抵挡一年之久，早已弹尽粮绝，宋成公于是就派他的得力军师公孙固向晋文公求救。

晋文公看到来人，不禁感叹宋襄公昔日救命之恩，就答应派兵援助。但是他又担心，这样一来就会得罪楚国，楚国在伐宋之后，肯定会把矛头指向他的。晋文公犹豫几日还是没有派兵援助宋国。这时宋国已近绝路，宋国的军官们纷纷向晋文公进谏，请求派兵支援。但是晋文公的手下一致表示："不可支援，宋国很快就会面临亡国，只有投降臣服的路了，下一个矛头肯定是晋国，晋国必须保存实力。"

面对宋国陷入绝境，再次请求支援的局面，晋文公坚定地说："君主言而有信，遵守诺言是国家得以昌盛的珍宝，也是军队能真正立于不败之地的珍宝。先前已经答应给予支援，但是为了害怕楚国而失去自己的信誉，这样怎么带领一个国家呢。"

随后，晋文公派兵支援宋国。这一次他与士兵约定并向外发布："我们必须坚持到底，一定帮助宋国将楚国赶走后再返回。"

宋国人听到这个约定，知道晋文公锲而不舍的精神，精神大振，誓死与楚国抗争到底。在晋文公的帮助下，宋国很快将楚国军队赶出了自己的家园。

心灵感悟

晋文公的诺言是："欺骗他人一次，他人会不相信你十次。只有'信'字当头，言，才会有力度，有分量。"遵守诺言，才会事半功倍；敞开心怀，才会得到别人的尊重。欺骗别人，即使暂时会获取成功，但是成功的大厦也会因基础不牢固而瞬间轰然坍塌。只有言行一致，才能踏实地生活，才能在成功的舞台上从容地展示自己的风采。

没有冶炼好的矿石

迈克毕业后在一家钢铁公司工作，是主管过磅称重的小职员。工作一个月后，细心的他就发现经过他称重的矿石并没有经过充分的冶炼，一些矿石中甚至还残留有未被冶炼好的铁。他想："这样的话，公司岂不是会有很大的损失？"

想到这，迈克就找到了负责冶炼矿石的领导人，跟他反映了矿石没有充分冶炼的现象。这位领导不屑地看着他说："迈克，我知道你不想当一个小职员，可这不是提拔你的理由啊，如果冶炼程序上出现了问题，工程师一定会跟我说。但是，到目前为止，还没有哪一位工程师跟我说明这个问题，你的那种情况肯定是瞎想或者是偶然才出现的。"

迈克认为自己没有错，他又找到了负责技术的工程师，对工程师说明了他看到的问题。工程师一听，很自信地说："你一个刚刚毕业的大学生，能明白多少，我们的技术是世界一流的，怎么可能会出现你所说的问题呢？迈克，你不会是为了想博得别人的好感而借机表现自己吧？"

迈克听后，默默地走开了。在随后几天的工作中，他又发现了没有充分冶炼的矿石。这一次，迈克认为是别人错了，于是，他拿着没有冶炼好的矿石，找到了公司负责技术的总工程师，他说："先生，我有一块没有冶炼好的矿石，我找了好多人，他们都说这是冶炼好的，您认为呢？"

总工程师仔细看了矿石，对他说："没错，年轻人！你说得对。这是一块没有冶炼好的矿石，哪里来的矿石？"

迈克说："这是我们公司的。"

总工程师很诧异地说："这不可能的，我们公司的技术是一流的，不会出现这种问题的，一定是哪个部门出现疏忽。"

总工程师询问完迈克之后，立即召集负责技术的工程师来到车间，果然发现了一些冶炼得并不充分的矿石。经过仔细检查后才知道，原来是监测机器的某个零部件出现了问题，才导致矿石冶炼得不充分。

总工程师把这个情况报告给了公司的总经理，总经理知道了这件事后，不但奖励了迈克，而且还晋升迈克为负责技术监督的工程师。

总经理在接下来的员工大会上，不无感慨地说："我们公司并不缺少技术过硬的工程师，但缺少的是负责任的工程师。工程师没有发现问题是小，别人提出问题不虚心解决才是一件大事。对于一个企业来说，人才是重要的，但是更重要的是真正有责任感的人才。"

心灵感悟

迈克的成功，并非偶然，而是源于一种高贵的责任感。也就是说，他具有负责任的心态，处处为公司的利益着想。有时我们会因为负责任而提出自己的观点，也许，有些人不理解，甚至会嘲笑。但一旦你的观点或责任感被别人认可时，你就会实现巨大的跨越，跃向成功的顶峰。对于正确的观点和责任，我们一定要坚持，这不仅是对自己负责，也是对社会负责。有时候责任感的强弱直接决定着成功的高度。

第五章　换一种角度去
想问题

降低快乐的标准

　　悉尼奥运会时，最为引人注目的是默多克，因为记者的摄像头记录了默多克的一个小动作：当他发现座位底下散落着一枚硬币，他站起身来，然后蹲下，捡起了那枚硬币，脸上带着微笑。

　　这个举动瞬间被媒体炒作起来，默多克在接受采访时也只是微微一笑，并没有过多地解释什么。从那以后，大家都记住了默多克的微笑，拥有亿万资产的他为捡到一枚硬币而微笑。

　　我们还可以看到同样的事例，在一次采访中，记者问亚太首富李嘉诚："您认为人的一生之中，赚钱最快乐的是什么时候？"李嘉诚未曾思索，便说："开一间临街小店，忙碌终日，日落打烊时，紧闭店门，在昏暗灯下与老伴一张一张数钞票。"

　　李嘉诚的回答一点都不做作，仔细一想，都会对这样的快乐会心一笑，他的回答是简洁与智慧的。

　　华籍企业家谢英福在马来西亚颇有名气，当时马来西亚的一家国营钢铁厂亏损严重，面临着倒闭的风险。时任马来西亚首相的马哈蒂尔找到他，请他担任钢铁厂的负责人，他不假思索地答应了。他的朋友都前来劝说他，认为他做出了一个错误的决定，因为这个钢铁厂债务重重，生产设备落后，员工们也是涣散懈怠，丝毫没有团队精神。

　　面对这个无底洞，谢英福却坦然对他的朋友说："当年我只身来到马来西亚时，口袋里只有5元钱，慢慢地我在这个地方获得成功和荣耀，现在我要报效这个国家，如果我失败了，那就等于损失了5元钱。"

60多岁的谢英福不听家人的劝告，从豪华别墅里搬出来，住进了那家破败的钢铁厂，吃住都和工人们待在一起。三年后，这个工厂起死回生，逐渐走向盈利的道路。

心灵感悟

快乐的标准就像一个极具弹性的橡皮筋，你的欲望越大，它拉得就越长，快乐的标准也就越高。闻名于世的默多克、李嘉诚是智慧的，他们把快乐的标准降下来，降到人人都拥有的境地。每个人都可以轻而易举地拥有5元钱，如果可以拥有1万元、1百万元、1千万元的时候，你还会以5元的标准衡量自己的快乐吗？快乐像跳高，跳杆越低，我们就会越轻松，越是无所畏惧。

给对手掌声

拳击比赛是最残酷的，但是在一档世界职业拳王争霸赛的电视节目中，竟然出现了这样一个令人心中温暖的情景。

上场的是两个英国职业拳手，年纪大些的叫尼克，今年34岁；年轻的叫麦克，今年27岁。上半场两人打了6个回合，难分胜负。但在下半场第七个回合中，麦克接连击中老将尼克的头部，使他立刻就鼻青脸肿起来。

在场间的短暂休息时，麦克走过来真诚地向尼克道歉，他先用自己手中干净的毛巾一点点地擦去尼克脸上的血迹，然后又把矿泉水洒在尼克的头上，一脸歉意，那神情仿佛受伤的是自己。接下来两人继续交手，尼克毕竟年纪大了，渐渐的体力不支，一次又一次被麦克击中后倒在地上。

按着拳击比赛的规则，当对手被打倒在地上后，由裁判连喊3声，如倒地的拳手起不来则对手胜了。尼克挣扎着起身，裁判开始报数：1、2、3，当3还没出口，麦克一把将尼克拉了起来。这让裁判感到吃惊，因为这样的举动在拳场上很少见。麦克向裁判解释说："我犯规了，只是你没有看见，这局不算我赢。"扶起尼克后，他们微笑着击掌，继续交战。

最终，尼克以108：110的成绩负于麦克。赛后，观众潮水般地涌向麦克，向他献花，并且致敬。但是麦克却拨开人群径直走向被冷落在一边的老将尼克，随后他把鲜花送给了尼克。然后两人紧紧地拥抱在一起，相互亲吻对方被击中的部位，俨然是一对亲兄弟。尼克真诚地向麦克祝贺，一脸由衷的笑容。他握住麦克的手高高举过头顶，并向全场观众致敬。尼克虽然输了，但他输得很有风度；麦克赢了，而且赢得很大度、很潇洒。两个人一个败在拳术，一个赢在人格。但是，他们都赢了，在人格上。

心灵感悟

有时候搬走别人脚下的一块石头就等于给自己打开了一条成功的捷径。在自己失败的时候，给对手掌声，这也是一种成功。现实生活中给对手鼓掌是一种理智，因为你在尊重赏识对手时，自己也一下子找到了努力的方向和未来的希望。为对手鼓掌，其实也是人性的美德所在，你付出赞美，非但不会降低身份，反而会无意中收获真诚，合作更愉快。为对手鼓掌，让自己的人格修养得到进一步完善和升华，同时也矫正了爱慕虚荣和自私妒忌。

天下哪有白吃的午餐

从前，在一个富饶的国度里有一位爱民如子的国王，在他英明智慧的领导下，人民丰衣足食，安居乐业。但是，深谋远虑的国王却担心当他死后，人民会不会受苦。于是他召集了国内全部有识之士，命令他们找出一个能确保人民生活幸福的永恒法则。

三个月后，这批优秀的学者把三本六寸厚的帛书呈给国王说："陛下，天下的知识都汇集在这三本书内。只要人民读完它，就能确保他们的生活高枕无忧了。"

国王不以为然："你们认为人民会花那么多时间来看书吗？"所以他再命令这班学者继续钻研。

又过了两个月，学者们把三本书简化成一本。国王还是不满意。再一个月后，学者们把一张纸呈给国王，国王看后非常满意，说到："很好，只要我的人民全都真正理解和奉行这宝贵的智慧，我相信我的子民们一定能过上富裕、幸福的生活。"

原来，这张纸上只写了一句话：天下没有白吃的午餐。

心灵感悟

大多数的人都想快速发达，所以抱着投机取巧的心态。如果一个人能够实实在在地去建立顾客网络，诚信交友，那么成功一定离你不远了。如果存有一点取巧、运气的心态，你就很难全力以赴。

提醒自己

　　有个老太太坐在马路边望着不远处的一堵高墙，总觉得它马上就会倒塌，当见到有人向墙走过去时，她就善意地提醒道："那堵墙要倒了，离它远着点走吧。"

　　被提醒的人不解地看着她，并大模大样地顺着墙根走过去了，那堵墙并没有倒。老太太很生气："怎么不听我的话呢？！"

　　又有人走来，老太太又予以劝告。

　　三天过去了，许多人在墙边走过去，并没有遇上危险。

　　第四天，老太太感到有些奇怪，又有些失望，不由自主便走到墙根下仔细观看，然而就在此时，墙忽然倒了，老太太被掩埋在灰尘砖石中，气绝身亡。

心灵感悟

　　提醒别人时往往很容易，但能做到时刻清醒地提醒自己却是一件不容易的事情。所以说，许多危险来源于自己的麻痹大意，老太太的悲哀便因看清别人看不清自己。

悲观和乐观

　　有一对性格迥异的双胞胎，哥哥是彻头彻尾的悲观主义者，弟弟则是个天生的乐天派。在他们 8 岁那年的圣诞节前夕，家里人希望改变他们极端的性格，为他们准备了不同的礼物：给哥哥的礼物是一辆崭新的自行车，给弟弟的礼物则是满满的一盒马粪。

《年轻强壮斯巴达式的锻炼》　埃德加·德加（1834 ～ 1917 年）
　　孩子们的天性都是不同的，不同的性格会导致他们拥有不一样的人生。有的是喜剧，有的则注定哀伤。

拆礼物的时候到了，所有人都等着看他们的反应。

哥哥先拆开他那个巨大的盒子，看到礼物后他竟然哭了起来："你们知道我不会骑自行车！而且外面还下着这么大的雪！"正当父母手忙脚乱地希望哄他高兴的时候，弟弟好奇地打开了属于他的那个盒子——房间里顿时充满了一股马粪的味道。

出乎意料，弟弟欢呼了一声，然后就兴致勃勃地东张西望起来："快告诉我，你们把马藏在哪儿了？"

心灵感悟

生活的欢乐与忧愁主宰权在自己。我们不能因外界的因素，来改变本就属于自己的快乐。悲观和乐观一字之差，却能反映出一个人一生的生活状态。叔本华说："一个悲观的人，把所有的快乐都看成不快乐，好比美酒到充满胆汁的口中也会变苦一样。生命的幸福与困厄，不在于降临的事情本身是苦是乐，而要看我们如何面对这些事。"法国作家巴尔扎克说："世界上的事情永远不是绝对的，结果完全因人而异。苦难对于天才是一块垫脚石……它对能干的人是一笔财富，对弱者是一个万丈深渊。"罗曼·罗兰则说："痛苦这把犁刀一方面割破了你的心，一方面掘出了生命的新的水源。"关键是你怎样看待困难，对不幸和痛苦抱什么样的态度。一个乐天达观的人，会活得轻松、潇洒；一个患得患失的人，会被无尽的烦恼困扰着，活得痛苦、艰难。聪明的人善于培养、调剂自己的心情，使自己经常处在好心情光环的照耀下，这样头脑才富有创造力，身体才经得起暴风骤雨的考验。

把坏人变成另类的贵人

楚国名将子发的门客很多，因为他素来喜欢结交义士。

有一天，有个其貌不扬的自称"神偷"的人前来求见。子发不但待他为上宾，更是赐予豪宅美人。

这让其他门客很是不满。在子发家里，谁都不愿意去结交这个"神偷"，以免损害了自己光明正大的形象。

就在门客们对这个所谓的"神偷"冷眼相看的时候，边疆传来战报。子发主动请战，立下军令状，不杀败敌寇，绝不归还。

一路上，子发连连大捷。但当他率军到了一处易守难攻的险要之地时却难住了子发，子发在军帐中叹道："军中已经缺粮，战士连日疲劳，已经组织不出强有力的攻击队伍了。"众门客都想不出好的办法。这时，"神偷"说："给我三天，我能让敌寇大败。"

门客们依然嘲笑他，说他又要耍什么下三滥的手段了。

第一个晚上，神偷偷了敌将的被子；第二个晚上，偷了敌将的枕头；第三个晚上，偷了敌将的鞋子。

尽管敌将一再加派守卫，但依然挡不住"神偷"这样好的身手。

时间一长，敌将开始害怕："原来我的性命已经早就不是自己的了。"于是下令退兵了。

心灵感悟

也许不被人看得起的人，却拥有出众的才能，只是用错了地方，要相信自己的能力能派上大用场。

瓶子里的恶魔

　　海底有一个瓶子，这瓶子里困着一个巨魔。那是五百年前一个神仙把巨魔收到瓶里的。巨魔曾经许过一个愿，谁能把这个瓶子捞起来，把瓶塞打开，把他救出来，他就赠给这个人一座金山。可是，五百年过去了，还没有人把这瓶子捞起来。

　　巨魔十分气恼。他诅咒说："以后，如果谁把我救出来，我就一口把这个人吞掉。"有一个年青的渔夫，一天他去撒网捕鱼，当他收网的时候，发现网里有一个古旧瓶子，于是他就把瓶塞打开了。啊！一阵浓烈的烟雾喷出来，徐徐吐出一个比山还大的巨魔。

　　"哈哈哈哈！"巨魔的笑声，震得海涛汹涌起来。

　　他说："年青人，你把我救出来，我本应谢谢你。可是，你做得太迟了，倘若你早一年把我救起，你就可以得到一座金山啦！唉，我等了五百年，我太不耐烦了，我已许了恶愿，要把救我出来的人一口吃掉！"

　　那青年吃了一惊，但立即镇定地说："哟，这么小小的瓶子，怎能把你盛下呀，你一定说谎，你再回到瓶子给我看看吧！"

　　"哈哈哈哈，我不会上当的！天方夜谭早把这个古老的故事说过了，我如果再钻入瓶子里，你把塞子再塞上，故事不就说完了么？"

　　"什么？你看过天方夜谭么？你真是一个博学多才之士呀！那你还看过苏格拉底的哲学著作吗？"

　　"哈哈！这五百年我躲在瓶子里，穷读天下的经典著作，苦苦修行，莫说是西方的巨著，东方的大学、中庸、论语、孟子我都念得熟透了。"

"啊，那么中国的《史记》你也颇有研究吧？墨子的著作有涉猎么？"

"别说了，经史子集无一不通！"

"不过，我想你一定没有见过红楼梦的手抄本，这是一部难得一见的版本呢！"

"哈哈哈，你这个小子太小觑我了，这本书的收藏者正是我呀！让我拿出来给你开开眼界吧！"巨魔立即又化作一阵浓烟，徐徐进入瓶子里。这时候，那青年渔夫不再迟疑，连忙用瓶塞把瓶子堵住了。

心灵感悟

　　也许你可以识别你见识过的陷阱，但之后的松懈，会让你继续在瓶子里呆上一千年。每个人都是他兴趣所在领域的专家，激发对方的兴趣，你不仅会获得新知，有时加以利用，还能够逢凶化吉。年青渔夫就是利用这一点降服了巨魔。在生活中，采取不同的策略，实施互异的技法，既会很顺利地处理好某事，其中还有一种妙不可言的感觉。

耳朵也能看见

从前有位地主巡视谷仓时，不慎将一只名表遗失在谷仓某个角落。因遍寻不获，便定下高额赏金，要农场上的小孩帮忙寻找：谁能找到手表，奖 1000 美元。孩子们在重赏之下，无不卖力地搜寻。但是谷仓内到处都是成堆的谷粒和稻草，孩子们忙到太阳下山仍无所获，一个接着一个都放弃了。

只有一个贫穷小男孩，为了那笔巨额奖金，仍不停歇地寻找。

当天色渐黑，众人离去之后，谷仓静下来。他突然听到一个奇怪的声音。

那声音"滴答、滴答"不停响着。小孩子立刻停下所有的动作，谷仓内更安静了。

小孩追寻着声音，在偌大漆黑的谷仓中找到了那只名贵的手表。

心灵感悟

唯有让流水平静下来的时候，太阳和月亮才能在它的表面上显现更强的反光。当人沉静下来，才能看出所有干扰，于是有了清晰思考蒙蔽真实感情、影响智慧判断以及阻碍自己找到答案的问题所在。